W0208284

Chères lectrices, chers lecteurs,

Je suis très émue de vous confier
mon dixième roman,
une histoire particulière à mon cœur.

J'espère qu'Elsa et Vincent sauront
vous toucher et vous faire rire,
j'espère que vous aimerez cheminer
avec eux autant que j'ai aimé le faire.

Je vous souhaite une belle rencontre,
Avec toutes mes amitiés,

Virginie

Plus grand que le ciel

De la même autrice

Le Premier Jour du reste de ma vie, City Éditions, 2015, Le Livre de poche, 2016.

Tu comprendras quand tu seras plus grande, Fayard, 2016, Le Livre de poche, 2017.

Le parfum du bonheur est plus fort sous la pluie, Fayard, 2017, Le Livre de poche, 2018.

Il est grand temps de rallumer les étoiles, Fayard, 2018, Le Livre de poche, 2019, « Livre Favori des Français » (France Télévisions).

Chère Mamie, Fayard/Le Livre de poche, 2018.

Quand nos souvenirs viendront danser, Fayard, 2019, Le Livre de poche, 2020.

Et que ne durent que les moments doux, Fayard, 2020, Le Livre de poche, 2021.

Chère Mamie au pays du confinement, Fayard/Le Livre de poche, 2020.

Les Possibles, Fayard, 2021, Le Livre de poche, 2022.

Il nous restera ça, Fayard, 2022, Le Livre de poche, 2023.

Une belle vie, 2023, Flammarion, Le Livre de poche, 2024.

Chère Mamie, tu vas rire, Flammarion/Le Livre de poche, 2023.

Virginie Grimaldi

Plus grand que le ciel

roman

Flammarion

ISBN : 978-2-0804-6663-1

À mon père.

Je voudrais que tu sois là
Que tu frappes à ma porte
Et tu me dirais c'est moi
Devine ce que j'apporte
Et tu m'apporterais toi.

Boris Vian, *Berceuse pour les ours qui ne sont pas là.*

1

Elsa

Ah ? D'accord.

Eh bien, je m'appelle Elsa, j'ai quarante-deux ans. J'ai un fils de quinze ans, Tristan. Il vient de finir le collège. C'est dingue, c'est toujours par lui que je me définis en premier quand on me demande de me présenter. Je pourrais dire que j'ai un petit frère, que j'ai toujours froid, que j'aime la glace menthe-chocolat, les séries suédoises, écouter des podcasts, que je connais par cœur les paroles de chansons que je n'ai pas entendues depuis vingt ans, que je peux passer des heures à contempler le vent dans les feuilles, que j'ai deux chiennes et un chat, que j'ai loupé mon permis deux fois, que je suis allergique aux fruits de mer, que je déteste les fleurs coupées, que j'ai une passion pour les ponts et les portes, que j'adore le pain au pavot mais que le pain au pavot aime trop les interstices entre mes dents, que je me souviens du prénom de mes camarades de CP, mais que je peux oublier ce que je suis venue acheter chez Leroy Merlin, que je suis divorcée depuis sept ans et amie avec mon ex, mais non, chaque fois que je dois me présenter à quelqu'un j'annonce d'emblée que je suis mère de famille. C'est devenu l'une de mes caractéristiques principales, comme la couleur de mes yeux ou ma taille.

…

Je dois vous dire aussi, ce n'est pas la première fois que je consulte un psy. Mes parents m'avaient emmenée en voir un quand j'avais neuf ou dix ans, parce que je ne supportais pas l'idée d'être éloignée d'eux. Même pour aller dormir chez mes grands-parents, qui pourtant recevaient souvent mon frère et qui habitaient le palier d'en face, j'en étais incapable. C'est vraiment devenu problématique le jour du départ en classe de neige, en CM1, j'ai tellement hurlé que je me suis évanouie. Je suis restée à la maison.

Je me souviens que le psy avait ce truc hypnotisant sur son bureau, les billes qui tapent les unes contre les autres dans un mouvement perpétuel, et il parlait d'une voix douce, profonde.

Vous, j'ai l'impression que vous parlez peu, non ?

…

Bref, je me suis tout de suite sentie en sécurité – d'autant que ma mère m'attendait dans la salle d'attente. Je me suis assise face à lui et il a attaqué direct :

— Que crains-tu, au fond, quand tu es loin de tes parents ?

J'ai répondu que je savais pas trop, que j'avais sans doute peur de ne jamais les revoir.

Il a croisé ses mains sur son ventre, et a lâché le plus naturellement du monde, entre deux billes qui se balançaient :

— Tu es au courant qu'ils vont mourir un jour ?

...

Je n'ai jamais voulu y retourner.

J'ai trouvé vos coordonnées sur Internet, en cherchant sur la carte. J'habite au bout de la rue, c'est pratique. En plus, vous avez de bons avis, à part celui qui dit que vous n'êtes jamais à l'heure, mais je ne peux pas vous blâmer : je suis toujours en retard, quels que soient les efforts que je déploie. C'est presque physiologique, j'ai cessé de lutter. J'étais en retard à l'oral du bac et à tous les rencards de ma vie. Je n'étais pas à l'heure pour mon mariage et encore moins pour signer les papiers du divorce. En fait, je suis arrivée en retard dès ma naissance, deux jours après terme. Mes proches me connaissent, ils prennent soin de me donner un horaire de rendez-vous anticipé – spoiler : ça ne fonctionne pas. Le seul qui ne s'y fait pas, c'est mon patron. Enfin, en ce moment ce n'est pas un sujet, puisque je suis en arrêt maladie.

C'est pour ça que je viens vous voir, d'ailleurs.

Je suis conseillère funéraire, je travaille dans la même concession depuis plus de dix ans. C'est une entreprise familiale, et ça change tout : j'ai bossé plusieurs mois dans une chaîne nationale, et il manquait le côté humain que je cherchais en empruntant cette voie. J'aime mon métier. Je l'aime vraiment. Quand les gens poussent la porte de la boutique, ils viennent de perdre un proche. C'est très brutal, ils n'ont pas le temps d'assimiler la nouvelle que, déjà, ils doivent se plonger dans les démarches administratives. Ils sont à vif, écorchés, et la moindre contrariété peut être ressentie comme une agression. Une femme qui venait de perdre son mari m'a dit un jour « Je voudrais me balader avec une pancarte *Fragile, à manipuler avec précaution* ». Je m'efforce de leur offrir de la douceur, de la gentillesse, de l'écoute. Je veux respecter leur peine. J'entends souvent « C'était quelqu'un de bien, vous savez », comme s'ils avaient besoin que je sache, moi, simple anonyme, que leur proche n'est pas un mort comme les autres. Je me fous de leur vendre le cercueil le plus cher ou la plaque qui rapportera la plus grande marge, ce qui me fait me sentir utile, ce qui donne du sens à ma vie, c'est d'aider les gens à dire au revoir.

Des histoires tragiques, j'en ai vu un paquet. Des morts, j'en ai rencontré beaucoup. On s'y fait, à force. Au début, ça m'impressionnait, j'ai même cru que je devrais me réorienter, mais finalement, les corps, ce n'est pas le plus dur. Le plus dur, c'est le chagrin. Ça, je ne m'y fais pas. J'en emporte toujours un peu avec moi, le soir.

Ça fait deux semaines que je n'y suis pas retournée. J'avais bien réussi, pourtant. La reprise a été un peu difficile, les premiers jours, mais je me suis plongée dans mon travail, j'ai retrouvé mes rituels, mes habitudes. J'ai même repris le jogging et les cours d'anglais. Ma vie avait remis ses pantoufles.

...

J'étais chez le boulanger quand ça m'est tombé dessus. C'était presque mon tour, je répétais dans ma tête la phrase que j'allais prononcer, comme chaque fois que je dois m'adresser à quelqu'un, « Bonjour, une baguette pas trop cuite s'il vous plaît », et là, face aux croissants au beurre, j'ai ressenti une douleur dans ma poitrine. Comme si quelque chose se fissurait, quelque part, ça m'a fait l'effet d'une déchirure. Je me suis mise à pleurer. Puis c'est devenu un vertige, un trou béant qui m'a engloutie tout entière. Je suffoquais, j'ai cru que ça n'allait jamais s'arrêter. Je suis rentrée chez moi sans baguette, sans rien voir et, depuis, je ne fais que dormir.

C'est con, tout de même. Tout le monde trouvait que je réagissais bien.

Voilà, ça fait deux mois que mon père est mort, et c'est la première fois que je parviens à prononcer cette phrase. Vous pensez pouvoir m'aider ?

2

Vincent

Bon. Manon est partie. Elle a embarqué ses fringues, ses crèmes, ses bouquins, les affiches encadrées, ma table basse, les bougies, la commode, la vaisselle, elle a même pris le lustre dans le salon. Je suis célibataire, dans le noir, je bouffe avec les doigts, et j'en ai absolument rien à foutre. Je regarde ma vie comme un film. Une version mal doublée dont je ne suis même pas le héros. Je pense que si ça arrivait à mon voisin je ressentirais plus d'émotions.

Elle a bien tenté de me faire réagir, elle était tour à tour douce et agressive, je voyais les larmes assaillir ses yeux et je n'avais qu'une hâte : qu'elle se barre. Qu'on en finisse. Je m'entendais répéter « désolé » tout en ayant conscience que ça ne suffisait pas. On est désolé de marcher sur le pied de quelqu'un, d'arriver en retard, d'avoir manqué un appel, de ne pas aimer un plat de pâtes, à la limite, j'aurais pu être désolé qu'elle parte avec ma table basse. Mais saboter une relation, laisser un amour se consumer comme un mégot mal écrasé, faire souffrir celle qu'on a promis de ne jamais blesser, ça mérite plus qu'un simple « désolé », pas vrai ?

C'est chiant, je vous consulte une fois par semaine depuis six mois, et je ne suis toujours pas foutu de savoir ce que vous pensez. Je sais pas trop à quoi ça sert, tout ça. À chaque fois, je me dis que c'est la dernière. Et je reviens. Tout ça pour causer tout seul et faire un chèque à la fin. Ça fait cher le monologue.

…

Hier, j'ai revu un copain du lycée, Max. On s'entendait bien, on était dans la même classe de la seconde à la terminale. Nos noms de famille se suivaient, on a passé le bac dans les mêmes salles. On se retrouvait souvent dans des concerts, on traînait dans les mêmes bars, avec les mêmes potes. Il conduisait une vieille Fiat Uno dont on ne distinguait plus la couleur à cause des autocollants qui la recouvraient. C'était le mec cool, avec ses pantalons bariolés et ses clopes sur l'oreille, toujours à faire des vannes, mais toujours à l'écoute des autres. Tout le monde l'aimait. Il a eu le bac avec mention, son contrat avec ses parents était rempli, il a jeté quelques affaires dans un sac à dos et il est parti faire le tour du monde. J'ai eu des nouvelles pendant deux ou trois ans, puis plus rien. J'ai été surpris quand j'ai reçu son message sur Facebook. On s'est donné rendez-vous dans un bar qu'on aimait bien.

J'ai failli ne pas le reconnaître. J'ai vu sur son visage les vingt-cinq ans qu'on a pris. Il boit toujours de la bière, il a toujours ce sourire qui les faisait toutes tomber. J'étais un peu jaloux de lui, à l'époque. Il agissait sur moi comme une cape d'invisibilité, il suffisait qu'il se trouve à côté pour qu'on ne me remarque pas. Son regard, par contre, avait changé. C'était le même vert, les mêmes cils noirs, mais quelque chose n'y brillait plus. La même absence que je constate chaque fois que je me croise dans le miroir.

Il m'a raconté les années sans se voir. La Thaïlande, l'Inde, le Népal, le Vietnam, la Mongolie, où il a vécu un certain temps. Son retour en France, il y a une dizaine d'années, ses retrouvailles avec Isabelle Damier, la petite brune du premier rang. Ils se sont mariés, ils ont eu deux enfants, il l'a trompée avec la quasi-totalité de la ville. Elle a pardonné une fois, trois fois, six fois, puis elle a demandé le divorce. Il a démissionné, il est parti vivre chez ses parents, et il a caché ses biens les plus précieux. Il était fier de son plan :

« Hors de question qu'elle profite de mon fric, cette salope. Comme ça, je lui donne le minimum. »

Je vous la fais courte : il trompe toutes ses nouvelles copines, voit ses enfants un week-end sur deux, se plaint de devoir se plier à leurs dates de vacances et ne supporte plus ses parents. Il a passé la soirée à déblatérer sur son ex-femme qui a brisé sa vie.

Il n'a pas demandé une seule fois comment j'allais.

En rentrant chez moi, j'ai pris un certain plaisir à mesurer combien il était devenu con (c'est fou comme la déchéance des autres rassure sur sa propre médiocrité). Mais ce qui m'a vraiment foutu la gerbe, c'est qu'il pense réellement que son ex est responsable. Pour ne pas payer une pension alimentaire, le mec préfère se priver d'un boulot qui lui plaît, ne pas avoir une thune, vivre dans sa chambre d'ado à quarante-cinq ans, manger la soupe de maman tous les soirs devant le journal télévisé, et c'est de sa faute à elle. Vous comprenez ? Il est sincère dans sa connerie. On peut à ce point distordre la réalité, se raconter une autre histoire plutôt que se remettre en question. On préfère désigner un innocent coupable pourvu qu'on ne le soit pas.

…

Moi le premier.

…

C'est peut-être mieux que vous ne disiez rien, au fond. Ma conscience a une trop grande gueule en ce moment, je préfère me confier à vous qu'à elle.

Je vous raconte ça parce que l'histoire de Max n'est que le reflet de la mienne. Je dois bien l'admettre, docteur : au royaume des cons, je porte la couronne.

3

Le cabinet était situé au troisième sans ascenseur. En dépit de ses efforts remarquables pour repousser les limites du temps, Elsa n'était en retard que de cinq minutes. Elle s'engouffra dans le bâtiment, laissant la chaleur collante de juillet derrière elle.

Elle avait hésité à revenir. Elle avait pris rendez-vous après avoir regardé avec fascination une série mettant en scène un psychiatre et ses patients. Elle avait songé que c'était précisément ce qu'il lui fallait, quelqu'un qui lui pose les bonnes questions et qui lui donne les bonnes réponses, mais sa première séance l'avait laissée perplexe. Son psy à elle ne parlait pas, ne réagissait pas, elle s'était même demandé un instant s'il respirait. Elle était rentrée chez elle en se promettant de ne pas honorer le prochain rendez-vous. Payer si cher pour trois clignements d'yeux, franchement, il serait moins coûteux – et tout aussi efficace – d'investir dans un ficus. C'est son frère Clément qui avait trouvé les mots justes : « Elsa, faut que tu fasses quelque chose, et je ne parle pas seulement de ton haleine et de tes cernes. Si tu croises Hannibal Lecter, c'est lui qui va flipper. »

Elle avait donc consenti à modifier son planning passionnant : regarder des programmes qui ne mobilisaient pas le moindre neurone, collée sur le canapé, télécommande à la main.

La porte ne se distinguait pas de celle d'en face. Aucune plaque n'indiquait qu'un psychiatre officiait ici. Seul le paillasson usé témoignait d'un passage fréquent, et un autocollant invitait à sonner et entrer. Elsa s'exécuta et referma la porte derrière elle.

La pièce était petite et sombre. On n'en espérait pas moins d'une salle d'attente de psychiatre. La fenêtre s'ouvrait sur la rue, rarement empruntée. Sur un papier peint bleu pâle, une affiche indiquait les honoraires et informait que toute séance non annulée quarante-huit heures avant le rendez-vous était due. Elsa se félicita de ne pas avoir renoncé, s'assit sur l'un des fauteuils et sortit son téléphone de son sac. En fond d'écran, une photo de son fils et de son père qu'elle balaya du bout de l'index avant que son cerveau ne s'y attarde.

Un haut-parleur diffusait un vieux titre de jazz qui lui donnait envie de s'ouvrir les veines avec le papier peint. Sur Instagram, elle lança la vidéo d'un ours qui se baignait dans la piscine d'un Américain ébahi.

La sonnette la fit sursauter, elle se recroquevilla.

Vincent entra, la salua poliment et s'assit sur le fauteuil le plus éloigné du sien.

Elsa consulta l'heure sur son téléphone. Elle avait rendez-vous dix minutes auparavant, sans le moindre doute. Cet homme n'avait rien à faire là, elle n'était pas censée croiser quiconque, elle attendait un minimum de discrétion en venant ici. Si elle voulait que tout le monde sache qu'elle avait besoin d'un psychiatre, elle se baladerait avec une boîte d'antidépresseurs à la main, ce qui n'était pas – encore – le cas. Et puis, il lui donnait chaud, avec ses baskets montantes et son sweat à capuche. Il l'observait, elle le sentait, sa présence la rendait nerveuse.

— Vous avez l'heure ? demanda-t-il.

— Non, répondit-elle sans réfléchir.

— Peut-être pourriez-vous regarder sur votre téléphone ou sur votre montre ? proposa-t-il en souriant.

Elsa leva son poignet, consulta le cadran, et rétorqua :

— Il est trop tôt, vous êtes très en avance.

— Je dois prendre le train pour venir jusqu'ici, se justifia-t-il, j'ai du mal à anticiper le bon trajet et…

— Je suppose que vous n'êtes pas attendu avant midi ?

— Oui, c'est ça. Je déteste être en retard, et la semaine dernière, sur la ligne, il y a eu un…

— Formidable, le coupa-t-elle. Maintenant que nous avons sociabilisé, vous voulez bien me laisser lire tranquillement ?

Elle se replongea dans la contemplation de vidéos abrutissantes. Vincent accusa le coup. Il se leva et posa son regard dehors, derrière la rue, par-delà les toits, vers l'épaisse forêt de pins qui s'étalait à l'infini.

Il ne pensait pas arriver si tôt. C'était la première fois qu'il croisait quelqu'un dans cette pièce. La semaine prochaine, il prendrait le train suivant.

La porte du cabinet s'ouvrit, des voix se souhaitèrent une bonne journée, une silhouette passa devant la porte vitrée de la salle d'attente. Elsa se leva et s'y dirigea à son tour.

— Merci de votre amabilité, lâcha Vincent. C'était un plaisir !

Elle sortit sans un regard et sans un mot.

4

Elsa

Bonjour, docteur. Je suis désolée, j'imagine que vous avez entendu mon échange avec ce type. Je tiens à ce que vous sachiez que ce n'est pas mon genre. Habituellement, je suis plutôt celle qui se laisse marcher sur les pieds en disant merci. Je ne me reconnais plus, ces derniers temps. Depuis deux mois et une semaine, très exactement. Avant, je gardais toujours mes émotions à l'intérieur, je les séquestrais, elles n'avaient jamais vu la lumière du jour. Je sais pas pourquoi, je ne me suis jamais posé la question. C'est ma nature, sans doute. Une espèce de pudeur. Mais là, c'est comme si une porte s'était ouverte, elles se sauvent, elles m'échappent, elles se ruent à la surface et hurlent leur existence. Je ne me contrôle plus. Je ne sais plus faire semblant.

Je pleure constamment, pour rien. La dernière fois c'était en venant, j'ai vu un rouge-gorge sautiller sur le trottoir et ça m'a émue, ce bout de nature dans la grisaille, comme un signe de résistance. Je n'ai pas eu les yeux humides, non, j'ai versé des litres sur mes joues. Et ce n'est pas le plus gênant. Il y a la colère, aussi. J'en veux à tout le monde, c'est plus fort que moi. Les voix, le bruit, les rires, la vie des autres m'agresse. Un volcan a émergé au creux de ma poitrine, je l'entends gronder, je le sens bouillir. Il est en sommeil, la plupart du temps, mais, à la moindre contrariété, il entre violemment en éruption, la lave remonte par ma gorge et jaillit de ma bouche. Je ne peux pas lutter, c'est irrépressible. Elle est là, la nouveauté. Je déborde. Mon corps ne s'y laisse pas prendre : j'ai des poussées de psoriasis que je combats à coups de cortisone, sans grand succès. Mes émotions se faufilent par les pores de ma peau et forment des plaques disgracieuses sur mes bras, mon cou, mes genoux. J'ai remarqué que j'en avais davantage, en ce moment.

Je tiens ça de mon père, vous savez. Le psoriasis. Il en avait souvent. Lui, il le traitait avec du vinaigre. Il traitait tout avec du vinaigre. Il n'était pas un grand lecteur, pourtant il possédait un livre épais comme un parpaing vantant les vertus méconnues du vinaigre. Il en appliquait sur ses plaques de psoriasis, sur les piqûres de moustiques, il l'utilisait pour détartrer les toilettes ou la bouilloire, il en versait quelques gouttes sur un sucre pour faire cesser le hoquet, il lui inventait même des qualités inexistantes. Un jour, je devais avoir vingt ans, je suis entrée dans la cuisine et j'ai surpris mon père en train de boire du vinaigre au goulot. Il m'a souri et s'est essuyé la bouche. Il a dû voir à mon visage que ça méritait une explication :

— Je commence à avoir mal à la gorge, il m'a dit le plus naturellement du monde.

— T'es allé voir le docteur ?

— Pas besoin ! il a fait en me montrant la bouteille.

— Papa, je doute que le vinaigre soit efficace sur les angines. C'est écrit dans ton livre ?

— Oui. Ils disent de se gargariser avec.

— Et donc, tu le bois cul sec ?

Il a haussé les épaules :

— Ça peut pas faire de mal.

— Eh ben, je te souhaite de jamais choper une conjonctivite.

Il a éclaté de rire.

…

J'entends encore son rire. C'est l'une des choses qui me manque le plus, je crois.

Je ne parviens pas à me dire que je ne l'entendrai plus jamais.

…

Ce *plus jamais* est insupportable.

…

À vingt-cinq ans, je suis retournée vivre chez lui après une rupture.

Je viens de me faire larguer, je quitte Toulouse où je vis depuis trois ans. Il me propose de revenir m'installer, avec ma chienne et ma peine. Ma chambre est restée figée entre enfance et adolescence, j'y retrouve l'étagère en forme de pomme qu'il m'avait fabriquée dans du bois, mes livres de la Bibliothèque verte et le poster du *Grand Bleu* qu'il avait demandé pour moi au cinéma.

Il tient à me prévenir : que je ne m'avise pas de laisser traîner mon bordel partout, il me connaît (il ne sait pas de qui je tiens ça, certainement pas de lui). C'est pour la forme, parce que je le vois bien, le sourire de celui qui est content de partager à nouveau ses boîtes de hachis parmentier devant *Les Experts* avec sa grande fille. Lui, c'est en 1992 qu'il s'est retrouvé en tête à tête avec son chagrin et qu'il a pris un chien.

Il n'a pas refait sa vie après ma mère. Il disait que c'était par choix, qu'il ne supporterait plus de vivre avec quelqu'un, qu'il avait pris des habitudes de vieux garçon, qu'il aimait avoir le lit pour lui tout seul et l'entière jouissance de la télécommande. Je crois surtout qu'il n'a jamais réussi à remettre les morceaux de son cœur dans le bon sens.

C'est peut-être pour que je m'en sorte mieux que, dès mon arrivée, il se sent investi d'une mission : me faire oublier celui qui est passé de Stéphane à « l'autre con ». Il m'accueille avec un masque de monstre, il se marre de me voir sursauter à chaque fois, il me rejoint dans le salon avec des bouchons en plastique sur les yeux, il débite des jeux de mots affligeants, il dessine des conneries dans la buée de la salle de bains. Ça marche. Il me fait rire.

...

Vous comprenez, docteur, il tournait tout en dérision, la vie était son terrain de jeu. Sa dernière blague aura été de partir à soixante-neuf ans. C'était pas la plus drôle.

Il y a beaucoup de choses que je tiens de lui. Les orteils collés à la base, comme des siamois. Je l'ai découvert récemment, sous le drap blanc. Sa démarche, de grands pas presque bondis. Son nez, j'ai tellement détesté ce nez, j'ai même envisagé de me le faire refaire. Je n'y songe plus. Comme lui, je parle la bouche pleine pour ne pas oublier ce que je m'apprête à dire, et je sursaute chaque fois que je croise mon fils dans la maison. Il m'a offert son amour des chiens, du monde, des arbres en fleurs et son incapacité à traiter le courrier en temps et en heure. Comme lui, je dis « Bisous, bye ! » à la fin des conversations téléphoniques. Il m'a donné sa pudeur, quelques-unes de ses névroses, et beaucoup trop d'honnêteté. Mais j'ai compris récemment une chose. Mon plus bel héritage est son sens de l'humour. C'est ce qui nous a rapprochés jusqu'au bout. C'est aussi ce qui me manque le plus aujourd'hui. Je tiens mon humour de mon père, et, sans lui, je ne sais pas si je pourrai encore rire.

Depuis, je me demande. Pourquoi ne voit-on vraiment les gens que quand ils ne sont plus là ?

5

Le docteur Chaumet raccompagna Elsa à la porte du cabinet. Elle attendit qu'il l'ouvre (depuis l'épidémie de Covid, elle avait remarqué que les médecins se réservaient le monopole de l'usage de la poignée), inspira profondément, comme pour dissoudre, avant de partir, le morceau de chagrin coincé dans sa poitrine, puis elle traversa le couloir de l'entrée.

Vincent referma son manuscrit. Il avait eu le temps de lire une soixantaine de pages, cette femme désagréable dans la salle d'attente avait au moins raison sur ce point : il était arrivé sacrément en avance. Il eut le temps de voir le visage d'Elsa se tourner légèrement avant qu'elle ne disparaisse. Il avait entendu sa voix pendant sa consultation. Il n'avait pas distingué ses mots, ne l'avait d'ailleurs pas cherché, mais il avait perçu son timbre, ses accélérations, comme une urgence à parler. Des sanglots aussi, lui avait-il semblé.

Le docteur l'appela ; Vincent entra à son tour.

6

Vincent

J'ai terminé les corrections. Je suis dans la dernière relecture, il part à l'impression la semaine prochaine. Je ne vois que ses défauts, si je m'écoutais je le réécrirais entièrement. Tout le monde pense que le succès donne confiance en soi, c'est tout le contraire. Quand mes seuls lecteurs étaient ma famille et mes potes, je pouvais écrire de la merde sans que personne ne m'en tienne rigueur. C'est différent maintenant. Je reçois chaque jour des dizaines et des dizaines de messages d'inconnus. Ce qu'ils m'écrivent est tellement fort, c'est tout juste si j'ose les lire. J'ai l'impression qu'ils parlent à quelqu'un d'autre, c'est pas possible que ça me soit destiné.

Ça n'a l'air de rien, comme ça, mais vous imaginez ? Prendre de son temps, entre le boulot, les enfants, les factures, le ménage, les sorties, les insomnies, les épreuves, simplement pour dire merci ? C'est un putain de geste. Ça compte. Alors, ma plus grande peur, c'est de les décevoir.

Je n'y pense pas pendant l'écriture. Je refuse de m'encombrer avec ces considérations, et de toute manière j'en suis incapable. Je choisis pas mes sujets, ils me tombent dessus et ne me laissent pas tranquille tant que je ne les couche pas sur papier. C'est mon moment préféré, parce qu'il succède souvent à la certitude que je n'ai plus rien à raconter. Je crois que c'est fini, que j'ai tout dit, que je suis sec, et bam, alors que je suis en train de faire bouillir de l'eau pour les pâtes ou autre activité passionnante, l'idée me percute. Les pâtes ont bon dos, à vous je peux le confesser : sur mes sept romans, quatre sont nés sur les chiottes.

Ah ! C'est la deuxième fois que je vous vois sourire, docteur ! La dernière, c'était lors de ma première séance, en vous racontant le quiproquo avec votre voisin de palier. Quand j'ai dit qu'il était coiffé comme une aisselle de mai 68. Je vois que vous m'écoutez toujours, j'en suis ravi.

Pardon, je sais plus où j'en étais. Ah oui, l'inspiration.

On me demande souvent d'où elle vient, s'il y a une recette, un moyen de capter les idées. Je n'ai pas la réponse, et il est probable qu'il existe autant de cas que d'écrivains. Pour ma part, une fois l'idée plantée dans ma tête, je deviens sa chose. C'est là que je me transforme. Mes oreilles poussent, des yeux s'ouvrent derrière ma tête, mes sens sont aux aguets, je suis une parabole, je capte tout, le mixe, le digère. Le monde devient matière première. Mon cerveau est en ébullition constante, il pianote l'histoire en arrière-plan, comme une musique de fond qui ne s'arrête jamais.

C'est seulement quand j'ai posé le mot « FIN » que les lecteurs refont surface, que je me demande s'ils seront au rendez-vous. Je me le demande à m'en faire mal au bide. Chaque fois, je suis persuadé qu'on y est, que c'est le roman de la déception, que tout le monde va se rendre compte de l'imposture.

J'en suis là. Je termine l'ultime lecture et, bientôt, les personnages avec lesquels j'ai vécu pendant des mois ne m'appartiendront plus. Il reste trois mois avant la parution, je vous annonce que je vais en parler souvent. Ça changera du sujet Manon.

...

Je n'ai aucune nouvelle depuis qu'elle est partie. Elle m'a bloqué sur Instagram. Mes filles sont arrivées vendredi soir, c'est ma semaine. Il a fallu que je leur explique que c'était fini, qu'elles ne la verraient plus. Elles l'aimaient bien. Joséphine a pleuré, Lou m'a fait la gueule. Elle tient pour acquis que je suis forcément le responsable. Elle n'a pas tout à fait tort. Je leur ai proposé d'aller au ciné, elles ont sauté de joie. S'il y a bien un super-pouvoir que j'aurais voulu garder de l'enfance, c'est celui-là : donner autant d'importance aux petites joies qu'aux grands chagrins.

…

Dès samedi, leur mère était au courant. Elle a demandé à me parler à la fin de leur appel :

— La prochaine fois, attends un peu avant de leur présenter quelqu'un, Vincent.

— J'ai attendu six mois. C'est déjà cinq mois et vingt-neuf jours de plus que toi.

— Tu sais toujours encaisser les remarques, à ce que je vois.

— Et toi faire la morale.

— Je cherche juste à être constructive pour nos filles. Je ne vais pas m'attarder. Je tenais à te dire que j'étais désolée que ça n'ait pas marché avec Marion.

Je n'ai pas rectifié le prénom. Elle a poursuivi :

— Je ne peux pas m'empêcher de penser que je suis un peu responsable de ton incapacité à t'engager sérieusement. Tu as songé à consulter ?

— Un vétérinaire, tu veux dire ?

— C'est impossible de discuter avec toi, Vincent. Je cherche juste à t'aider.

— Anaïs, si un jour je t'envoie un message pour te demander de l'aide, c'est une arnaque, ne réponds pas. Je te souhaite une merveilleuse soirée, fais une bise chaleureuse à ce bon vieux Pascal pour moi.

Ça a coupé, manifestement elle passait sous un tunnel. Elle n'est pas la mieux placée pour juger, et je me garde bien d'émettre le moindre commentaire. Je ne pense pas avoir mis mes filles en péril en leur ayant présenté deux femmes en quatre ans. Je fais gaffe. J'attends d'être sûr, enfin aussi sûr que je sois capable de l'être. On voit où ça me mène.

…

Quand Manon m'a annoncé qu'elle me quittait, c'est à la peine de mes filles que j'ai pensé. Je n'aurais sans doute pas dû emménager avec elle. Elle y croyait tellement qu'à un moment j'y ai cru aussi. J'ai toujours été fort pour me bercer d'illusions. Pas pour rien que j'écris des livres. Elle avait tout pour que je tombe amoureux, elle était intelligente, on avait le même humour, les mêmes goûts littéraires et musicaux, on s'entendait bien au lit, j'ai essayé, vraiment.

…

Mais il n'y a que dans mes romans que je sais construire une histoire sans l'abîmer à la fin.

…

J'ai fait un road trip au Canada après mes études. C'était en plein hiver, un boulot m'attendait à mon retour. J'avais loué une voiture et je dormais dans des auberges. Le dernier matin, au beau milieu de la Colombie-Britannique, la bagnole n'a pas démarré. Il faisait tellement froid que des stalactites pendaient de mes narines. Le moteur renâclait, les voyants du tableau de bord clignotaient fébrilement, et puis plus rien. Il fallait absolument que je parte sous peine de louper mon avion. Je le *voulais* vraiment. J'ai insisté une bonne dizaine de minutes, en vain. Alors, j'ai fait une chose qui n'a aucun sens : j'ai parlé à la voiture. Je l'ai remerciée pour les semaines partagées, je lui ai promis de ne jamais l'oublier, je l'ai suppliée de ne pas me lâcher pour notre dernier voyage. Et vous savez ce qui s'est passé ? Absolument rien. Quand il fait froid et que la batterie est vide, la volonté ne suffit pas. C'est exactement ce qui se passe là, à l'intérieur de ma carcasse. J'ai beau le vouloir, l'espérer, ma batterie est à plat. C'est plus fort que moi, j'ai le cœur en hiver.

7

Depuis qu'elle était en arrêt maladie, Elsa avait redécouvert le bonheur des matins sans réveil. La sonnerie aliénante du téléphone à sept heures tapantes était remplacée par les frémissements de sa conscience et les lueurs du jour qui dansaient derrière ses paupières. Il était souvent tard lorsqu'elle émergeait d'un sommeil sans rêves, il arrivait même que Tristan soit debout avant elle. Ce fut le cas ce matin. Elsa dormait comme une souche quand son fils déboula dans sa chambre en beuglant : « J'AI LOUPÉ MON TRAIN ! »

Elle se redressa d'un bond en tentant de rassembler ses esprits. Ce fut fructueux :

— Hein ? Quoi ? Qu'est-ce que ?

— Maman, j'ai loupé mon train, il faut que tu m'emmènes !

— Hein ?

— Maman, dépêche-toi s'il te plaît !

Elsa se laissa retomber sur son oreiller, songeant à tous ces matins d'école où son fils faisait montre de moins d'empressement à sortir du lit.

— J'ai pas envie, marmonna-t-elle.

— Tu vas pas me faire ça ? s'écria Tristan avec sa voix qui hésitait encore entre l'enfant et l'adulte.

— Jure-moi que l'année prochaine tu te lèveras dès la première tentative. Que je n'aurai pas à venir te secouer dix fois tous les matins.

— Tu me fais du chantage ?

— Absolument, mon chéri.

Tristan haussa les épaules :

— Laisse tomber, c'est qu'un stage de guitare après tout, j'avais pas vraiment envie d'y aller.

Elsa s'étira :

— Tu bluffes.

— J'ai de qui tenir.

— Allez, viens, bien sûr que je t'emmène, fit-elle en enfilant ce qui lui tombait sous la main.

Le stage avait lieu en plein centre de Bordeaux, près du Jardin public. Elsa déposa Tristan sur le trottoir à peine quelques minutes après l'heure attendue. Les autres élèves étaient encore devant l'entrée.

— Je suppose que je ne te fais pas de bisou ?

— Maman…

— Allez, file ! Bonne journée, chéri.

Tristan descendu, Elsa reprit la route. Elle avait une heure et demie avant son rendez-vous chez le docteur Chaumet, il lui en fallait une pour rentrer chez elle, il lui en restait donc une demie (elle était douée en maths) pour se débarrasser de son survêtement taché de peinture et se coiffer correctement. Ses cheveux mi-bouclés mi-crin possédaient le talent de se nouer pendant son sommeil, elle se levait immanquablement avec un nid de mésange derrière la tête.

Sur l'autoroute A63, à hauteur de Saucats, la voiture émit un signal sonore et alluma un voyant afin d'alerter Elsa que l'essence était en passe de manquer. Plongée dans l'écoute d'un podcast, elle n'y prêta pas attention. Ce n'est que lorsque le moteur se mit à brouter qu'elle comprit, mais la station la plus proche se trouvait à plus d'un kilomètre.

Elle arriva au rendez-vous à bout de souffle, avec son jogging, son nid de mésange, et parfumée d'un mélange de sueur et d'essence. Elle attendit onze heures pile pour s'engager dans le cabinet sans risquer d'empiéter sur le rendez-vous d'un autre.

— Qu'est-ce que vous faites là ? demanda-t-elle en entrant dans la salle d'attente.

— Bonjour, ravi de vous revoir également, répondit Vincent en souriant.

Il leva son poignet et désigna sa montre :

— Vous avez vu, j'ai songé à la mettre, cette fois !

— Vous devriez aussi songer à la regarder.

— Loin de moi le plaisir de vous contredire, mais j'ai rendez-vous à midi, je ne suis pas en avance, c'est vous qui êtes en retard.

— Loin de moi aussi l'envie de vous être désagréable, mais…

— Permettez-moi d'en douter.

— … mais il est onze heures, et vous le savez très bien, assura Elsa d'un ton qu'elle s'efforçait de garder calme, en brandissant sa propre montre sous son nez comme une preuve infaillible.

— L'une de nos deux montres ment, il n'est pas dit que ce soit la mienne.

Elsa fouilla son sac avec une exaspération qui ne pouvait passer inaperçue et en sortit son téléphone.

— Là, vous voyez bien qu'il est onze heures. Vous allez le nier aussi ?

— Je… Je ne sais pas quoi vous dire, je n'avais pas porté ma montre depuis longtemps, elle a dû rester à l'heure d'hiver.

— En hiver, il serait dix heures, releva Elsa, satisfaite d'emporter la partie.

— Non, c'est l'inverse, reprit Vincent, amusé qu'elle insiste.

— Écoutez, en hiver, on recule d'une heure. En été, on avance d'une heure. C'est plutôt simple.

— Alors, si on recule d'une heure, vous voyez bien qu'il est midi !

— Vous vous foutez de moi.

— Un peu.

Elsa sentit son volcan sur le point de jaillir et se retint juste à temps. Elle ne redoutait pas les mots qu'elle aurait pu déverser sur cet inconnu, elle craignait ses propres larmes. Elle leva les yeux au ciel comme pour les arrêter net et s'assit sur un siège gris :

— En plus, vous avez pris mon fauteuil.

— Ah. J'ignorais qu'il vous appartenait. Vous l'emmenez à chaque séance ? Ce n'est pas trop lourd ?

Elle ne lui adressa plus la parole jusqu'à ce que le docteur Chaumet la délivre. Elle s'apprêtait à quitter la salle d'attente sans un mot quand Vincent murmura :

— Vous sentez bon l'essence. Vous me donneriez le nom de votre parfum ?

8

Elsa

Je me demande ce que mon fils conservera de ce printemps. Je garde un souvenir précis de la mort de ma grand-mère alors que j'avais neuf ans. Je revois l'entrée de notre appartement avec son papier peint marron, le téléphone posé sur le tonneau dans lequel mon père avait façonné une porte qui, quand on l'ouvrait, enclenchait la lumière et dévoilait un bar. Il aimait travailler le bois... Le téléphone, c'était celui avec un gros combiné, un fil entortillé et un cadran à huit chiffres qu'il fallait tourner pour composer le numéro. Vous vous souvenez ? J'entends encore la sonnerie, je suis dans la cuisine, la porte est entrouverte. C'est l'automne, mais l'air est doux dehors. Ma mère hoquette, je crois d'abord qu'elle rit. Quand elle raccroche, son visage est ravagé de larmes. « Mamie ne va pas bien, je dois y aller. »

Mon père l'enlace, elle cherche son sac, ses clés, sa tête. Elle part. Lui, allume une cigarette et se frotte le crâne. « Tu veux regarder un dessin animé ? » Je veux. Ma mère rentre trois jours plus tard, orpheline. Je n'ai jamais oublié ses sanglots étouffés dans le silence de la nuit, ses plaintes sous la douche, ses yeux rouges, ses ongles rongés, ses assiettes restées pleines.

...

Ma première pensée, quand mon père a rendu son dernier souffle, a été pour Tristan. Avoir à lui annoncer que mon père n'existait plus était peut-être plus difficile qu'avoir à l'encaisser. La souffrance de mon enfant pèse plus lourd que la mienne.

...

Il aimait beaucoup mon père. Depuis tout petit, il adorait passer du temps dans son jardin, découvrir les glaïeuls, les roses, les rhododendrons. Ils observaient les insectes à la loupe, grattaient la terre ensemble, arrachaient les mauvaises herbes, ils arrosaient, traitaient la cochenille, tout ça en mangeant bien plus de sucreries que je ne l'autorisais. Mon fils est le gardien de ma douleur, il lui suffit de m'entendre renifler pour se matérialiser devant moi et me demander si je vais bien.

J'essaie de l'épargner, de ne pas ajouter ma peine à la sienne, d'attendre d'être seule pour pleurer, mais c'est incontrôlable. Les paupières sont de piètres barrages. Ça déborde au beau milieu du petit-déjeuner, à un feu rouge, devant une série, chaque fois que je vois la bouteille de vinaigre. Depuis qu'il n'est plus là, j'assaisonne tout autrement. On dresse les remparts qu'on peut.

Dans la mémoire de Tristan, il restera sans doute l'empreinte d'un printemps gris, chargé d'absence, et le goût des vinaigrettes au citron.

9

Vincent

— Monsieur Privat, vous venez me voir depuis un petit moment maintenant…

— Six mois.

— Six mois, exactement.

— Enfin presque sept, mais si on retire les quelques séances où j'avais des impératifs, on est plutôt sur six, en effet.

— En effet.

— Après, certaines séances durent plus que d'autres, donc on peut aussi dire que…

— Laissez-moi poursuivre, je vous prie.

— Pardon.

— Je n'ai rien contre le fait de vous entendre me parler de votre travail, de vos vacances, de vos amis, même de vos hobbies le week-end. Mais, si vous tenez réellement à sortir de l'épisode dépressif dans lequel vous vous trouvez, il serait peut-être temps d'aborder le vrai sujet.

— Le vrai sujet ?

— Le vrai sujet.

— …

— Monsieur Privat ? Vous voulez bien y réfléchir, pour la prochaine fois ?

— Il faut que je vous dise, docteur. Je vous préfère quand vous ne parlez pas.

10

Elsa

Vous savez ce que j'ai fait aux obsèques ?

Je ne suis pas sûre d'assumer, mais, après tout, si je ne le dis pas ici, je ne le dirai nulle part.

Mon père n'était pas croyant. Il détestait toutes les bondieuseries, il fuyait les églises. Il fallait qu'il n'ait pas le choix pour y entrer, à reculons. Avec mon frère, on n'avait aucun doute sur le fait qu'il ne voudrait pas de messe. Pourtant, en cherchant sa carte d'identité, on a été surpris de trouver un chapelet glissé dans son portefeuille. Il lui avait certainement été offert par sa sœur, qui, elle, croyait pour toute la famille. Le fait est qu'il l'avait gardé. Ça nous a remués. On tenait à lui organiser une cérémonie d'adieu conforme à ses volontés, même s'il n'avait pas eu le temps de nous les livrer toutes.

— Tu crois qu'il aurait voulu l'église, finalement ? a demandé mon frère en triturant la croix entre ses doigts.

— J'étais persuadée que non, mais maintenant je ne sais plus…

— Souviens-toi pour l'enterrement de tatie, il avait mal vécu le fait que le curé parle plus de Dieu que d'elle.

— C'est le principe d'une messe… Il faudrait qu'on trouve un juste milieu. Une bénédiction, peut-être ?

On a passé deux heures à appeler tous les prêtres alentour. Nous n'avions droit qu'à trente minutes pour la cérémonie, et, entre les textes que nous souhaitions lire, le diaporama que nous avions préparé et les musiques que nous voulions diffuser, on y était. D'expérience, je savais qu'il était impossible de dépasser. Nous demandions donc une bénédiction au funérarium, au moment de la mise en bière. Aucun n'a accepté. On était dépités.

— On n'a qu'à la faire nous-mêmes, a plaisanté mon frère.

— Excellente idée, j'ai ironisé. T'as de l'eau Sourde ?

J'ai voulu dire « de l'eau de Lourdes », allez savoir pourquoi ma langue a fourché. L'eau Sourde, c'est la rivière de mon père, celle qui passe juste derrière chez lui. Celle dans laquelle il emmenait régulièrement ses chiens se baigner, dans laquelle il pêchait, près de laquelle il allait chercher des cèpes, ramassait des châtaignes.

Mon frère a planté ses yeux dans les miens, je les ai vus s'illuminer en même temps que je sentais monter en moi une évidence : on ne plaisantait plus. On allait la faire, cette cérémonie qui lui ressemble.

Depuis, tous les soirs, sur l'écran de mes paupières, ce sont les mêmes images : son dernier regard, son visage sans vie, son rire, sa silhouette qui s'éloigne, et puis mon frère et moi au-dessus du cercueil, qui rions entre nos larmes en bénissant notre papa chéri à l'eau Sourde : « Au nom du Père, du Fils et du Rock'N'Roll. »

11

Vincent

Vous savez qu'il me faut plus d'une heure pour venir vous voir ? D'abord le tram jusqu'à la gare, puis le train, et enfin vingt minutes de marche et trois étages. Faut-il que j'en veuille.

La première fois, j'ai même appelé Mathilde en sortant, vous savez, Mathilde Carrette, mon éditrice. C'est elle qui m'a recommandé de venir vous voir. Enfin, recommandé… Menacé est plus exact. Je ne lui en veux pas. On se connaît depuis longtemps, six ou sept ans, elle est la mieux placée pour voir combien je déraille. Et, après mon coup d'éclat du début d'année, elle a dû recevoir pas mal de pressions. Bref, j'ai quitté votre cabinet, et je lui ai demandé si elle se foutait de ma gueule. Elle connaît la planète entière, et elle m'envoie chez un psy muet qui vit loin du monde.

Pardon, hein, je veux pas vous vexer, mais qui fait le choix de venir s'installer ici ? Quand je suis descendu du train, j'ai d'abord cru que c'était une erreur, qu'on était en panne ou qu'on avait percuté un sanglier suicidaire, qu'on allait repartir sans tarder. Le village est mignon, je l'admets, mais quand même, à quel moment on s'est dit : « Tiens, ça fait longtemps qu'on ne croise que des arbres, et si on érigeait une bourgade ici ? » Il ne faut pas être très sain d'esprit. C'est peut-être pour ça que vous vous êtes installé ici, remarquez. Vous aviez le choix entre psy et boucher. Il y a plus de vaches que d'habitants, vous avez peut-être choisi la mauvaise option.

Ah, vous souriez encore ! Faites gaffe, je risque d'y prendre goût.

Bref, je disais que j'avais appelé Mathilde pour me plaindre, ce qui n'est pas un fait exceptionnel puisque, depuis des mois, les jérémiades comptent pour une bonne moitié de mes paroles. Je m'attendais à ce qu'elle ait une raison valable, je sais pas, qu'elle vous connaisse, que vous ayez sauvé la vie d'un de ses amis, que votre réputation diffuse jusqu'à Paris, mais rien de tout ça.

« Je vais rentrer en réunion, Vincent, alors si tu veux bien on en discutera plus tard ? Je ne connais pas ce docteur Chaumet. J'ai cherché un psychiatre disponible rapidement à Bordeaux, c'est le premier qui est sorti, je t'ai pris rendez-vous. Je t'embrasse, à plus ! »

C'est fou, hein ? Elle ne vous connaissait pas. Le hasard serait donc le seul responsable de ma présence ici.

…

Au lycée, en cours d'allemand, on a eu un jour une rédaction ayant pour sujet « Que feriez-vous si vous gagniez une somme importante à la loterie ? ». J'ai eu la meilleure note, alors mes parents se sont empressés de lire mon devoir. Ils se sont décomposés sous mes yeux. Ils galéraient pour boucler les fins de mois, ma mère se tapait le ménage à l'hôpital, mon père usait son corps sur des chantiers, et leur fils chéri écrivait tranquillement qu'il serait triste de gagner au loto car, je cite : « Je pourrais réaliser tous mes rêves. »

J'invente des histoires, j'ai réalisé mon rêve d'enfant. Je l'ai même pulvérisé, à vrai dire, car je n'aurais jamais osé imaginer que tant de personnes me lisent. Je mesure ma chance, docteur. Je la mesure chaque matin, comme on se pèse au réveil. C'est presque un truc palpable que je peux serrer entre mes mains. La chance de ne pas avoir à bosser sous la houlette d'un patron tyrannique, de voir ma boulangère me glisser toujours plus de chouquettes qu'aux autres avec un sourire complice, d'avoir un banquier qui fait sauter mes frais, sans que je lui demande rien, le même qui des années plus tôt refusait le moindre service quand je le suppliais de m'en accorder un.

Par-dessus tout, je mesure ma chance de pouvoir vivre de ce que j'aime, de ne pas avoir d'horaires, de pouvoir suivre mon propre rythme, d'avoir du temps. Le temps d'écouter vraiment mes filles quand elles me parlent, de jouer à La Bonne Paye avec elles, et même le temps de perdre pour les laisser gagner. Le temps de lire, d'aller au cinéma en pleine journée, de rencontrer des lecteurs qui me bouleversent et qui m'encouragent. Le temps d'écrire une phrase, de la supprimer, et de la reprendre.

Voilà, j'ai tout pour être heureux, je le sais, pourtant je me sens vide.

Plus rien n'a de sens. Je ne retiens que le négatif, je doute de tout le monde. On dit que j'écris des histoires pleines d'humanité, mais je ne crois plus en l'humain. Je nous trouve agressifs, lâches, cruels. Décevants. Je ne m'informe plus. Je n'ai pas ouvert un journal ni allumé la télé depuis des mois. L'actualité m'agresse, je me sens dévoré par la souffrance des autres, bien au chaud sur mon trône doré. Parfois, je...

...

C'est dur à dire. Même dans ma tête.

Parfois, je regrette d'avoir fait des enfants. Je me sens terriblement égoïste d'avoir parachuté deux innocentes dans ce monde-là.

J'ai réalisé mon plus grand rêve, mais j'ai perdu mes illusions.

Ma prof d'allemand avait vu juste, c'était un super bon devoir.

Alors, c'est peut-être le hasard qui m'a mené ici, mais, si je continue de me cogner chaque semaine plus d'une heure de trajet pour venir vous raconter mes misères d'enfant gâté, vous visez juste, docteur, c'est pour une bonne raison.

12

Vincent arriva très en avance. Une grève SNCF paralysait le pays, et, s'il avait songé à annuler son rendez-vous, les événements du week-end passé étaient une consternante démonstration que son état n'était pas stabilisé. Il s'était donc rendu à la gare aux aurores pour espérer avoir un train, et avait pris un billet pour le premier disponible. Il n'avait toutefois pas l'énergie de se faire à nouveau sermonner par la femme de la salle d'attente ni celle de s'infliger sa compagnie. Il décida donc d'aller boire un café.

Le bar-tabac-PMU était accolé à l'église. Quatre hommes étaient accoudés au comptoir et une dizaine de tables alignées dans une petite salle sombre. Vincent commanda un expresso.

— Je peux aller le boire dehors ? demanda-t-il.

— Vous avez de quoi l'emporter ? répondit le buraliste, coiffé d'un chapeau noir planté d'une longue plume rouge.

— C'est-à-dire ?

— Le café est à vous, mais pas la tasse. Alors, je veux bien que vous sortiez d'ici avec le café, mais pas avec la tasse.

Vincent avait envie d'un café au point d'envisager de se le faire verser dans les mains jointes, mais sa fierté se rappela à lui.

— Alors ? le relança l'homme, impatient. Vous le voulez toujours votre café ou pas ?

— Et le coup de boule, vous le voulez sur place ou à emporter ?

Cette dernière phrase ne franchit pas les lèvres de Vincent. Il jeta un regard ahuri aux quatre types accoudés qui se gaussaient et il sortit.

Il trouva un banc un peu plus loin, à l'ombre d'un arbre qu'il n'aurait su nommer. Il s'y installa et se plongea dans ses pensées.

Au bout de la rue, Elsa quittait son lit. Elle était réveillée depuis près d'une heure, et avait mis tout ce temps à profit pour broyer du noir. Les routines matinales sont très personnelles : certaines personnes font du yoga, d'autres vont aux toilettes avec un journal ; Elsa, elle, avait envie de crever. Chacun son truc.

Cela ne durait jamais, heureusement. Il y avait d'abord quelques secondes durant lesquelles son esprit embrumé avait oublié la situation, puis revenait l'envie de crever, et enfin la journée commençait.

Elsa ouvrit les volets et une douleur dans l'avant-bras lui rappela ce qu'elle avait fait la veille. Elle sourit. Ses deux chiennes, Surya et Soka, et son chat Flagada n'avaient pas bougé du lit.

— Il est interdit de dormir avec elle, avait-elle annoncé à Tristan quand ils avaient adopté Surya, la première venue. Ce n'est pas hygiénique, et un animal doit rester à sa place.

Afin de conserver un minimum de crédibilité aux yeux de son fils, Elsa ne dérogeait à la règle que lorsqu'il n'était pas là. Flagada semblait l'avoir compris, puisqu'il consacrait désormais ses jours à pousser à bout son jeune maître afin qu'il reste chez son père. Son dernier exploit en date était d'avoir, avec une précision qui confinait au génie, chié sur le devoir de maths que le professeur avait demandé de faire signer aux parents.

Elsa se prépara rapidement, avala une nectarine, et se rendit à pied à son rendez-vous chez le docteur Chaumet. Elle salua sa boulangère à travers la vitrine et le buraliste qui fumait devant sa porte. Sous le noyer, elle avisa un SDF allongé sur le banc, le coude replié sur son visage. Elle déposa une pièce de deux euros près de lui et poursuivit son chemin.

Vincent se releva d'un bond, juste à temps pour voir la femme de la salle d'attente s'engouffrer dans l'immeuble.

13

Elsa

L'autre jour, une voisine, sans doute bien intentionnée (quand on a besoin de le préciser, c'est mauvais signe), m'a demandé : « Tu crois qu'il aimerait te voir effondrée ? »

Cette injonction à aller bien coûte que coûte, à devoir vite tourner les pages encombrantes, ça m'emmerde prodigieusement. Sans doute parce que j'y suis perméable. Je me suis longtemps mis une pression colossale pour vivre dans la joie et la félicité, ou tout au moins m'en approcher le plus possible. J'ai longtemps tenu à laisser la tristesse à ma porte, comme une vieille amie dont je connaissais trop le pouvoir destructeur pour l'inviter à entrer. J'ai succombé à la tyrannie du bonheur, les guides de développement personnel ont envahi mes étagères, je me suis essayée à la méditation, à la sophrologie et au feng shui, j'ai accroché des citations positives sur mes murs, j'ai investi dans des diffuseurs d'huiles essentielles et des bougies, j'étais prête à tout pour réussir ma vie. Parce que oui, à mes yeux, réussir sa vie consistait à être heureux. Tout le temps. Un jour, j'ai même affirmé très sérieusement : « Une journée sans rire est une journée perdue. » Le bonheur était une sorte d'état permanent exempté de toute émotion négative, de toute contrainte. Il fallait « faire ce que l'on aime », être entouré de « gens qu'on aime », ressentir uniquement des « sentiments agréables ». Ma vie était un épisode d'*Hélène et les garçons*.

…

Ça m'a frappée quelques jours après la mort de mon père. Je me suis dit : « Il ne faut pas que je sombre, je dois rester debout. » Même brisée par l'une des pires épreuves, mon but ultime était d'aller mieux. Tout de suite mieux. Et pour la première fois, je n'ai pas réussi.

C'est pas un scoop, me direz-vous, puisque c'est précisément pour cette raison que je viens vous voir. Mais, depuis que j'ai décidé de vous consulter, j'ai l'impression que ma peine est plus légitime. Je vais mal, et je m'en donne le droit. Je pleure à volonté, je me lamente sans vergogne, je parle de lui à tout le monde, tout le temps, je regarde ses photos, j'écoute ses messages, je visite souvent le passé, je bois parfois un verre de trop, je suis désagréable avec mes proches, je passe des jours sans croiser la lumière, et c'est ainsi. Il y a des tunnels inévitables. Pour la première fois, je ne cours pas dans tous les sens à la recherche de l'issue de secours.

Et puis il faut mal connaître mon père pour penser qu'il préférerait me voir continuer à vivre comme s'il n'avait pas disparu. Il avait de nombreuses qualités, mais il souffrait d'une faille narcissique qui lui rendait intolérable l'idée de ne pas être notre priorité.

Les week-ends où nous étions chez lui, mon frère et moi n'aspirions qu'à nous vautrer sur le canapé pour regarder la télé, ou à rejoindre nos copains en bas de l'immeuble, mais, à notre grand désarroi, notre père nous obligeait à jouer au rami, au yam's, au baccalauréat, au Monopoly, à tout plutôt que le laisser seul. J'ai compris bien plus tard qu'il casait dans ces deux week-ends par mois l'absence des autres jours.

Même adulte, quand j'ai eu mon appartement, s'il se passait plusieurs jours sans nouvelle de ma part, j'étais accueillie par sa voix chaleureuse et une remarque irrépressible : « Je croyais que je n'avais plus de fille. »

J'ai continué à aller chez lui un week-end sur deux jusqu'à l'âge de vingt-trois ans, alors même que je vivais en couple. Je me rends compte qu'il jouait sur la corde sensible, que c'était du chantage affectif, mais je ne lui en veux pas. J'aimais ces moments avec lui. Ils me manquent.

Évidemment, il ne voudrait pas que je sois inconsolable. Mais, si je pouvais continuer à le pleurer un peu, je suis sûre que ça ne lui déplairait pas.

...

Il avait la main verte. Ce n'était pas une qualité acquise à force de passion, mais l'inverse s'était produit : quand il s'est aperçu que, chez lui, les plantes s'épanouissaient, il s'est passionné. Il était l'arche de mes plantes moribondes, en quelques semaines il leur redonnait vie. Je pouvais alors les récupérer pour les achever.

Il louait un petit jardin communal, car son appartement ne lui permettait pas d'assouvir sa passion. La plupart des autres locataires cultivaient des tomates, des fraises, des choux, des courges. Son jardin détonnait, il aimait la couleur. Tout le monde s'arrêtait pour admirer l'explosion de fuchsias, d'ipomées, de roses, de rhododendrons, de clématites et de glaïeuls. Ces derniers avaient sa préférence. Ils lui rappelaient ma mère.

...

Hier, c'était son anniversaire. Il aurait eu soixante-dix ans. J'ai pleuré toute la matinée.

Et puis, mon frère et mes deux plus proches amies sont venus m'enlever chez moi.

Ils ont gardé le secret tout le trajet. C'est une fois arrivés sur place qu'ils m'ont montré un dessin. Je l'ai reconnu tout de suite. Un glaïeul violet, que mon père avait planté juste à l'entrée de son jardin.

« On va se le faire tatouer », ils m'ont dit.

J'ai toujours eu une peur atroce des aiguilles, je fais un malaise vagal à chaque prise de sang, mais je les ai serrés dans mes bras.

Mon frère m'a broyé les phalanges, Manue a fait la costaude, Sonia s'est endormie, et moi j'ai demandé au tatoueur si ça lui arrivait, à lui aussi, de savoir que le moment qu'il était en train de vivre était inoubliable.

Je l'ai fait là, à l'arrière de l'avant-bras. Vous voulez le voir ?

14

Vincent

J'ai merdé, docteur. Pour que je m'en rende compte, c'est que j'ai *vraiment* merdé.

Samedi soir, on a fêté les quarante-cinq ans de mon ami Fabrice. On s'est rencontrés le jour de la rentrée en sixième, on ne connaissait personne, j'avais pissé au lit la nuit précédente, il avait vomi son petit-déjeuner, on s'est assis côte à côte et on s'est plus jamais lâchés. Sa femme avait préparé une surprise, il y avait tous ses potes, sa famille, ses collègues, on s'est cachés dans leur salon, volets fermés, et on a crié « Surprise ! » quand il est entré. Il a super bien joué, Actors Studio, mais j'ai vu direct qu'il s'y attendait.

« Y a les voitures de mes parents et de mon oncle garées devant chez moi », il m'a dit quand j'ai réussi à lui parler cinq minutes.

Je connaissais à peu près tout le monde, je voguais des uns aux autres, j'ai passé du temps à discuter avec Jamel, le troisième larron du trio. Lui, je l'ai connu en quatrième. Fab et moi avons été séparés parce qu'il avait pris espagnol seconde langue et moi allemand, à cause de ma mère qui était fan de *Derrick*. Ils se sont retrouvés dans la même classe, j'ai assisté aux prémices de leur amitié, ils restaient ensemble à la récré, ils prenaient le même bus pour rentrer, un mercredi après-midi ils sont même allés chez Jamel jouer à Mario sur la Super Nintendo. Sans moi. Il y a des choses qu'on n'oublie pas. Je ne pouvais pas rivaliser, avec mes GI Joe. Quand Jamel a commencé à venir faire du skate avec nous, j'ai réalisé, à mon corps défendant, qu'il était vraiment cool. Bref, revenons à la soirée de samedi.

Je parlais un peu avec tout le monde, ça ressemblait à une soirée « Copains d'avant ». Fab est resté plus sociable que moi. J'étais content, je crois, de recroiser quelques visages perdus de vue. J'essayais de me convaincre que je passais un bon moment, mais je ressentais un malaise persistant. Comme une gêne, là, au niveau du plexus. La nostalgie, peut-être. Ou alors le constat que tous étaient venus en couple.

Et puis, un mec que je ne connaissais pas s'est approché :

— Enchanté, monsieur le grand écrivain.

Il a accompagné sa phrase d'une révérence.

Le malaise était donc un type du même âge que moi, mais en plus soigné, le genre rasé de près et sans faux pli sur sa chemise.

— Ça fait quoi de vendre des millions de livres ? il a demandé.

J'ai l'habitude qu'on me pose des questions sur l'écriture, l'inspiration, j'exerce un métier qui éveille la curiosité, parfois même les fantasmes. Les gens ont une image très romantique des écrivains, ils nous imaginent écrire à la plume, tard dans la nuit, parler en vers et boire du whisky, débarrassés de tout vil tracas du quotidien. Ma réalité est plus terre à terre et sans alexandrins. Pour qu'on ne puisse surtout pas penser que j'ai pris la grosse tête, je me sens toujours obligé de le faire comprendre. Je raconte au premier venu que j'ai grandi dans des logements sociaux, que je n'ai pas fait de longues études, je répète à qui veut l'entendre que mes amis sont restés les mêmes, que je me tiens loin de Paris et du petit milieu de l'édition (je fais la grimace en disant ça). C'est assez pathétique. Une fois, je me suis entendu annoncer très sérieusement à une journaliste : « Vous savez, moi aussi je me cure le nez au feu rouge. » C'est devenu le titre du papier.

Bref, le type attendait ma réponse, il avait l'air d'y tenir.

— Franchement, le nombre n'est pas important, j'ai dit. Je me lève pas tous les matins en pensant : « J'ai vendu des millions de livres. » En revanche, savoir qu'il y a autant de personnes touchées par ce que j'écris, c'est vertigineux. J'écris sur des sujets très personnels en étant persuadé qu'ils n'intéresseront que moi. Quand tous ces gens me disent que je parle de leur vie, je me sens moins seul. Ça, j'admets que c'est précieux pour le gamin qui se croyait toujours à part.

Le gars a tordu la bouche :

— Ouais, ouais. Pas à moi. Cela doit forcément changer beaucoup de choses. On vous reconnaît dans la rue, on vous invite partout, j'ose pas imaginer l'état de votre compte en banque.

— Évidemment, mon compte n'est plus constamment dans le rouge et ma carte bleue n'est plus systématiquement refusée. Mais ce qui a vraiment changé, c'est que je vis de ma passion, que je me sens à ma place, et que je suis reconnu quand je fais une coloscopie.

Il a bu une gorgée sans cesser de me fixer.

— Fabrice ne vous a jamais parlé de moi ?

— Je ne crois pas. Vous vous appelez comment ?

— Jules Connard.

Je n'ai pas retenu son vrai nom.

— Connard… Ça ne me dit rien. Vous êtes un de ses collègues ?

— Pas du tout. Je suis le mari de sa cousine Juliette.

Je me souvenais bien de sa cousine Juliette, qui avait fait bouillir mes hormones l'été de mes seize ans, mais je n'avais jamais entendu parler de son mari.

Il a levé un sourcil :

— Je suis romancier, moi aussi.

— Ah ? Formidable ! Depuis longtemps ?

— Quelques années, oui. Vous ne devez pas connaître, je suis édité par une maison très exigeante sur les textes. Des orfèvres. Ils ne cèdent pas aux sirènes de l'édition de masse, ce sont de vrais amoureux de la littérature.

J'ai hoché la tête. Il a poursuivi :

— Vous publiez un livre par an, n'est-ce pas ?

— Oui.

Il a souri, j'ai cru y voir de l'ironie. J'ai tenté, en vain, de capter le regard de quelqu'un d'autre, histoire de mettre un terme à ce dialogue laborieux. Jules Connard a continué :

— J'ai écrit deux romans en dix ans. Je prends mon temps, chaque phrase est ciselée, chaque mot nécessaire. L'écriture est une souffrance, mais elle est pondérée par la satisfaction de savoir mes œuvres plébiscitées uniquement par des lecteurs rigoureux. *Télérama* a attribué trois T à mon premier roman.

— Félicitations. Moi j'ai eu deux 7 dans *Télé 7 jours*.

Son monologue et mon calvaire se sont poursuivis encore, puis, sans doute satisfait de m'avoir levé la patte dessus, il s'est enfin éloigné. Je l'ai retenu par le bras, je ne pouvais pas m'en empêcher, il fallait que je sache :

— Ôtez-moi d'un doute, vous aussi vous vous curez le nez au feu rouge ?

J'ai quitté la soirée peu après, vers vingt-trois heures. Fabrice ne m'en a pas voulu, il sait que je traverse une phase difficile. C'est pas tant le poète torturé qui m'a déprimé, c'est de me sentir si loin du bonheur des autres. J'ai pensé à Manon tout le trajet retour. Si elle avait été là, on aurait ri aux dépens de Jules Connard, on se serait isolés dans un coin pour s'embrasser, on aurait réquisitionné les meilleurs petits fours. Je suis passé par les quais, j'avais l'impression de ne voir que des couples, il y en avait partout, ça grouillait d'amour, même la Garonne était insupportablement langoureuse. J'ai pris conscience que j'avais fait une connerie, que jamais je ne retrouverais une femme comme Manon, que le problème venait de moi, que je repoussais toute personne qui osait s'attacher. Je me suis senti seul, à un point qui fout le vertige. Je pouvais presque m'observer à l'œil nu, moi, plein de gens autour, et entre les deux un fossé immense.

…

Je l'ai appelée.

…

Contre toute attente, elle a répondu. Je lui ai dit que j'avais besoin de la voir, et j'ai trouvé ça très égoïste de faire passer mes besoins avant les siens. Elle a dit : « J'arrive. »

Dès qu'elle a franchi la porte, j'ai compris mon erreur. Je ne ressentais plus rien, seul un élan de nostalgie m'avait donné l'illusion d'être encore épris. Elle se tenait face à moi, si heureuse, persuadée que mon amour pour elle était enfin sorti de son hibernation. Elle portait mon parfum préféré, Trésor, et elle souriait comme si je ne l'avais pas laissée arriver seule, exsangue au bout de notre histoire. Je me suis mis à chialer. Un torrent en pleine crue.

« Je ne t'en veux pas, elle m'a dit en me prenant dans ses bras. Il te fallait juste du temps. Je suis là, maintenant. »

Elle percevait mon regret, elle se trompait juste sur ses racines. Parfois, l'espoir déforme les contours de la réalité.

…

Vous savez, quand j'étais petit, je détestais les haricots verts. Ma mère m'en servait plusieurs fois par semaine, elle tenait à ce que je mange des légumes, et c'étaient les seuls qu'elle pouvait nous payer. Avec le temps, j'y ai pris goût. Aujourd'hui encore, j'en prépare régulièrement. Mais apparemment, même bien assaisonnés, ça marche pas avec les sentiments.

Manon a fini par comprendre.

— Pourquoi tu m'as fait venir, hein ? Je vois bien que t'as pas envie, tu me regardes même pas dans les yeux !

— Je suis désolé. C'est pas toi…

J'en menais pas large.

— T'es vraiment le pire enfoiré que la Terre ait porté ! Tu joues avec les sentiments des autres, c'est ignoble. Je maudis le jour où je t'ai rencontré.

— Je comprends.

— Super. Je vais me consoler avec ta compréhension. Pauvre mec, va.

Elle a claqué la porte, je me suis couché habillé.

Ce matin, en sortant pour venir vous voir, j'ai découvert un tag sur le mur de mon immeuble : « VINCENT PRIVAT BANDE MOU »

Je précise à toutes fins utiles que ça ne m'est arrivé que trois fois.

15

À la gare, le contrôleur fut formel : tous les trains pour Bordeaux étaient supprimés, le trafic était censé reprendre le lendemain. Cela faisait une belle jambe à Vincent, deux si l'on considérait la distance qu'il lui fallait parcourir. L'homme l'informa qu'un bus desservait quotidiennement la commune, mais que, oh quel dommage, il venait justement de passer.

Vincent appela un chauffeur de taxi et lui demanda son prix pour l'emmener jusqu'à Bordeaux, ou tout au moins jusqu'à une ville civilisée où les transports en commun existaient. Il n'obtint pas de réponse. Il envoya un message à Fabrice et un autre à Jamel, mais ses deux amis lui rappelèrent qu'ils avaient un vrai travail, eux.

Il fit du stop. Il n'en avait jamais fait de sa vie. Il se rendit à la sortie de la ville, marcha le long de la route principale et leva le pouce en se demandant s'il devait faire un va-et-vient avec son bras ou rester immobile, regarder les voitures ou les ignorer, se fabriquer une pancarte ou se mettre à poil.

Il espérait ne pas être reconnu et changea d'avis après dix minutes de marche. La chaleur était écrasante malgré l'ombre des pins, il se sentait devenir liquide. De rares voitures le dépassaient sans même ralentir. D'après son téléphone, si personne n'avait pitié de lui, il serait chez lui neuf heures plus tard.

Elsa lisait sous l'air bienfaisant du ventilateur qu'elle partageait avec Surya, Soka et Flagada, tous trois blottis contre elle. Elle avait succombé au dernier Goncourt mais ne parvenait pas à être happée par l'histoire. Elle aimait être bousculée par la littérature, malmenée, torturée. Ce livre-là lui semblait tiède, presque niais. La sonnerie du téléphone lui fournit un bon prétexte pour le fermer. C'était Joachim, le père de Tristan.

— Ne t'inquiète pas, annonça-t-il en préambule, ce qui eut l'effet inverse de celui escompté.

— Il est arrivé quelque chose à Tristan ?

— Rien de grave, il est tombé en skate. Il s'est peut-être pété le bras, on est aux urgences.

— Passe-le-moi.

— Il dit qu'il a trop mal pour parler.

— J'arrive.

— C'est pas la peine, ça te fait de la route. Je te tiens au courant, promis.

Elsa raccrocha et quitta sa maison en trombe. Elle y revint pour prendre son sac oublié, puis ses clés de voiture, et enfin ses lunettes. Quand elle eut remis ses esprits en ordre, elle prit la route.

Elle le reconnut de loin et de dos.

Il leva le pouce à l'approche du moteur.

Elle le dépassa en faisant semblant de ne pas le voir.

Mais il tourna la tête vers elle, et elle remarqua.

La fatigue dans son regard. La même qu'elle voyait chaque matin dans le miroir.

Elle attendit un chemin dans la forêt pour opérer un demi-tour.

— Vous allez où ? demanda-t-elle.

— Ah, c'est vous ? Qu'est-ce que vous faites là ?

— J'habite ici. Vous préférez attendre quelqu'un d'autre ?

— Je suis prêt à tous les risques pour rentrer chez moi. Je vais à Bordeaux.

— Montez, j'y vais aussi.

Il s'installa sur le siège passager et attacha sa ceinture. Elsa fut tout à coup intimidée par cette brusque proximité. Elle démarra.

— Merci de m'avoir pris, dit-il après quelques minutes pour rompre le silence. Personne ne s'arrêtait, je dois ressembler à un tueur en série.

— C'est bien que vous vous en rendiez compte.

— Vous êtes toujours aussi sympa ?

— Uniquement avec les tueurs en série.

Elsa attendit un rire qui ne vint pas. Son fils était son meilleur public, elle se félicitait de lui avoir appris à décoder le second degré.

— Je plaisantais, précisa-t-elle.

— J'avais compris.

— Vous allez souvent à Bordeaux ?

— J'y habite, répondit Vincent en dirigeant le flux de la climatisation vers son visage.

— Pardon ? Et il n'y a pas de psy à Bordeaux ?

— J'imagine que si, mais c'est une longue histoire. Disons que le docteur Chaumet m'a été recommandé.

— Ah.

Elle laissa passer un silence.

— Ça me rassure un peu qu'il vous ait été conseillé. Parfois, je me demande s'il est compétent.

— Oui, enfin, il m'a été recommandé par quelqu'un qui ne le connaissait pas.

— C'est marrant, vous faites des phrases, pourtant rien n'a de sens, observa-t-elle.

— Ne m'en parlez pas. Je me dis ça vingt fois par jour.

Le silence s'installa de nouveau. Vincent le rompit :

— Si ça se trouve, ce n'est pas un vrai psy.

— Possible. Peut-être qu'on se trompe d'étage.

— Voilà ! En fait ce type est juste un voisin qui se demande pourquoi des inconnus viennent lui raconter leur vie, mais qui ne dit rien parce que ça lui rapporte soixante euros par séance.

Elsa ne put s'empêcher de rire :

— Ou alors, c'est un dangereux criminel qui a tué le docteur Chaumet et se fait passer pour lui pendant que son corps pourrit dans la baignoire.

Vincent grimaça :

— C'est dégueulasse !

Elle apprécia le compliment.

Enhardi, Vincent osa lancer une vraie conversation :

— Vous vivez là depuis longtemps ?

— Une dizaine d'années. Mais j'ai grandi pas très loin. Et vous, vous êtes bordelais d'origine ?

— Je suis né à Paris, on est arrivés à Bordeaux quand j'avais huit ans. J'ai connu l'époque où les quais étaient un coupe-gorge et les murs gris, ça a bien changé.

— Je me souviens. Je prenais souvent le train pour aller faire la fête à la Victoire et les boutiques rue Sainte-Catherine, c'était nettement moins attirant qu'aujourd'hui. Vous faites quoi dans la vie ?

Vincent fut pris au dépourvu. Il n'avait aucune envie que la discussion tourne autour de son métier. Il dégaina sa réponse habituelle dans ce genre de situation :

— Je travaille dans l'édition. Et vous ?

— Pompes funèbres.

— Vous déconnez.

C'était la réaction usuelle quand Elsa évoquait son travail, et ce n'était pas pour lui déplaire.

Vincent observa attentivement son visage :

— Je n'aurais jamais imaginé ça.

— Je réserve ma capuche noire et ma faux aux grandes occasions.

Il rit franchement. Elle avait raison : c'était complètement con. Il s'entendait parfois débiter des platitudes n'ayant pour autre but que de remplir les silences. Évidemment que la profession des gens n'était pas identifiable à leur allure, sinon quoi ? Les bouchers auraient des tabliers maculés de sang, les informaticiens des lunettes triple foyer, les publicitaires le nez plein de poussière blanche, les coiffeuses un côté de la tête plus court avec des mèches rouges, les secrétaires les ongles vernis, les facteurs des mollets surdéveloppés, les psychiatres une barbe, les bûcherons des chemises à carreaux et les acteurs porno une bite à la main ?

— Donc vous travaillez avec les morts, rebondit pertinemment Vincent.

— Je préférerais, la communication serait plus facile avec eux. En réalité, je côtoie surtout leurs vivants.

Le téléphone interrompit leur échange. Elsa répondit, une voix masculine émana du haut-parleur de la voiture.

— Il vient de sortir de la radio, il a une fracture du scaphoïde sans déplacement, il a de la chance. Il échappe à l'opération.

— Ils vont le plâtrer ? s'inquiéta-t-elle.

— Ils sont en train.

— Il a mal ?

— Ils lui ont donné un antalgique, ça fait effet. Il est dégoûté, pas de plage de l'été.

— C'est un moindre mal. Je suis là d'ici vingt minutes. Vous êtes bien à Pellegrin ?

— Oui, aux urgences pédiatriques. À toute !

Vincent ne voulut pas paraître indiscret, mais pas indifférent non plus.

— Votre fils s'est blessé ?

— Oui, une chute de skate. Je déteste ces engins.

— Il a quel âge ?

— Il vient d'avoir quinze ans. Un nouveau-né.

— Ma mère dit la même chose de moi, répondit Vincent en souriant.

— Vous avez des enfants ?

— Deux filles, de sept et dix ans.

Elsa hocha la tête en silence. Ils avaient fait le tour des questions anodines, en poser davantage ouvrirait la porte de l'intimité. Elle alluma la radio, qui leur fournit un excellent sujet de conversation sans conséquence : la musique.

Afin de lui épargner un détour, Vincent proposa à Elsa de le déposer à l'entrée des boulevards.

— Merci beaucoup de m'avoir ramené, dit-il juste avant de descendre. C'était étonnamment sympa de faire la route avec vous.

— Euh oui… moi aussi ! bafouilla-t-elle.

— Au fait ! Il fallait que je vous rende ça.

Il glissa un objet froid dans la main d'Elsa et quitta la voiture sans attendre. Elle ne le vit pas s'éloigner en souriant, fier de son effet. Elle porta son attention sur la pièce de deux euros au creux de sa paume, et sur son effroi quand elle comprit.

16

Elsa rangea son téléphone dans son sac et consulta sa montre. Les arrangements du docteur Chaumet avec la ponctualité étaient de plus en plus importants, bientôt l'attente serait plus longue que la séance.

Elle étendit ses jambes et posa l'arrière de sa tête contre le mur.

La semaine avait été éprouvante, à plusieurs reprises elle avait mentalement noté son besoin de partager une pensée avec son psychiatre. L'accident de Tristan, bien que mineur, l'avait fragilisée. Il était sorti de l'hôpital avec un bras dans le plâtre et la volonté de trouver un moyen de profiter quand même de l'océan tout proche. Elle avait serré ce grand jeune homme à la barbe naissante en se demandant s'il existait un stade à partir duquel on ne considérait plus ses enfants comme des bébés. Leur mariage ? Leur premier cheveu blanc ? Leur premier déambulateur ? Elle connaissait déjà la réponse, elle commençait par *ja* et finissait par *mais*. Elle lui avait proposé de rentrer « à la maison » avec elle, il avait préféré rester chez son père.

À défaut d'avoir réussi leur mariage, Joachim et Elsa avaient réussi leur divorce. Ils avaient conservé une relation amicale, et pas seulement dans l'intérêt de leur fils, qui avait alors huit ans. Ils s'étaient connus à l'âge où les personnalités ne sont pas encore définies, et les traits de caractère qui leur paraissaient à l'époque anecdotiques avaient fini par prendre toute la place. Au terme d'une énième incompréhension qui avait donné lieu à une énième nuit à l'hôtel du cul tourné, ils avaient reconnu l'évidence : ils seraient plus heureux séparés. Malgré la nostalgie et l'amertume de l'échec, ils s'étaient quittés sans haine ni trop de larmes, et avaient conservé une profonde affection l'un pour l'autre.

Joachim avait rapidement rencontré Justine (un peu trop rapidement d'ailleurs) et s'était installé avec elle à Bordeaux. Il avait toutefois tenu à garder son fils la moitié du temps, et faisait la route tous les matins pour l'emmener à l'école. Elsa avait pris une chienne, un chat et un amant, l'un étant plus poilu que les deux autres.

La sonnette du cabinet retentit, elle replia ses jambes et se redressa vite, s'attendant à voir

Vincent. La porte s'ouvrit, et ce fut une femme blonde qui fit son entrée.

— Bonjour, j'ai rendez-vous avec le docteur Chaumet. C'est bien ici ?

— Oui, répondit Elsa avant de reprendre machinalement son téléphone dans son sac.

17

Elsa

L'autre soir, ma mère m'a appris la mort d'une ancienne voisine, une dame que j'ai toujours connue. Mon premier réflexe a été d'appeler mon père pour le lui annoncer. J'ai ouvert mes contacts favoris, j'ai sélectionné « Papa », et j'ai lancé l'appel, avant de réaliser. Ce n'est pas la première fois, je m'entends souvent penser : « Il faut que je raconte ça à Papa. »

Je n'ai pas effacé son numéro. À côté de son nom, il y a l'émoticône « singe qui se cache la bouche ». J'ai mis un émoticône à côté du nom de tous mes contacts : mon frère, c'est un cochon – notre nom de famille est LEPORT, à l'école on nous appelait Elsa et Clément LECOCHON, c'est resté une blague entre nous. Ma mère, c'est une fleur, parce qu'elle adore jardiner, mon amie Sonia c'est un cactus, parce qu'elle pique quand sa moustache repousse, mon banquier c'est un majeur levé. Vous, c'est une oreille.

Mon père avait dans sa cuisine trois petits singes en bois, le premier qui ne voit rien, le deuxième qui n'entend rien, le troisième qui ne répète rien. En réalité, c'était un décapsuleur, un tire-bouchon, et un limonadier. Toute ma vie, chaque fois que j'ai vu les trois singes de la sagesse – c'est leur nom –, sous quelque forme que ce soit, j'ai pensé à lui.

J'ai gardé son set d'ouvre-bouteilles.

...

Il a fallu qu'on vide l'appartement, avec mon frère. Je n'imaginais pas que ce serait aussi difficile. Je ne voulais toucher à rien, ne rien donner, ne rien jeter. Tout lui avait appartenu, il avait choisi chacun de ces objets, il avait porté ces tee-shirts bariolés, je le voyais encore dedans, il avait fait cramer du hachis parmentier dans ce plat, il avait peint ce meuble à chaussures, on avait regardé De Funès et Stallone sur cette télé ensemble. J'aurais voulu ne pas les voir partir, que quelqu'un vienne vider la maison et la garder intacte dans ma mémoire. Pleine de lui et de nos souvenirs. Je ne peux plus passer devant chez lui depuis que ce n'est plus chez lui. J'ai gardé quelques vêtements, son parfum, son cendrier, ses albums photos, ses disques, un zippo que je lui avais offert pour un anniversaire, gravé « Je t'aime mon papou », ses mots fléchés, ses lettres tracées au crayon dans une grille inachevée. La tasse de son dernier café, qu'il n'avait pas lavée. Dans un tiroir près de son lit, j'ai trouvé les cartes postales qu'on lui envoyait depuis les colonies où on partait en vacances, des photos de mon frère et moi, les grilles de scores de nos parties de Scrabble ou de fléchettes, les poèmes et les dessins qu'on lui offrait pour sa fête, une chanson qu'il avait écrite. Je l'avais complètement oubliée, c'était peu de temps après le divorce. On lui avait dit « Il faut l'envoyer à Goldman, il va l'adorer ! » Mon père avait acquiescé, sans doute pour faire rêver ses petits chéris. Je me souviens seulement de la dernière phrase : « Merci Elsa, merci Clément d'avoir su raisonner ma vie. »

J'ai rempli ce tiroir de larmes.

…

J'ai pris un dernier objet. Le dévidoir à papier toilette qu'il avait fabriqué en bois et accroché au mur. Chaque fois qu'on tirait sur le rouleau, le dévidoir tapait contre la cloison, et alors on entendait la voix de mon père qui pestait « Doucement le papier ! Ça coûte cher ! » C'était devenu un sujet de blague, mon frère faisait exprès de le tirer de toutes ses forces. Je ne l'accrocherai sans doute jamais, mais je ne pouvais pas concevoir que cet objet n'existe plus ailleurs que dans mes souvenirs. Les objets ont une mémoire, c'est pour ça que j'y tiens. À ce propos, il s'est passé quelque chose d'aussi horrible que drôle, le jour des obsèques…

Après l'incinération, l'officiant est venu nous trouver, mon frère et moi. Je le connais, on a fait une formation ensemble il y a quelques années. Il avait l'air très ennuyé, il nous a annoncé que l'urne qu'on avait choisie était trop petite.

J'ai ouvert la bouche pour demander comment c'était possible : notre père était maigre, il n'avait jamais accepté ce corps qu'il trouvait trop fin. Il préférait en rire, il disait qu'on pouvait facilement l'envoyer par la poste… Comment une urne pouvait-elle être trop petite ? En dix ans de métier, je n'avais jamais vu ça. Je me suis ravisée en croisant le visage de mon frère, qui retenait tant bien que mal un fou rire, et j'ai compris.

Mon père n'était pas parti seul. Lors de la mise en bière, on avait glissé deux-trois objets dans son cercueil. Deux-trois… ou quinze. Une boîte de cigares, un livre de mots fléchés, un bouquet de glaïeuls, sa casquette, un disque de Deep Purple, un jeu de rami, des photos, beaucoup de photos, un bloc de post-it, et d'autres choses plus ou moins encombrantes, dont l'une que j'hésite à vous révéler.

Vous êtes tenu au secret médical, n'est-ce pas ?

Bon.

Quand mon père s'est retrouvé seul au départ de ma mère, il a adopté un chien. Il s'appelait Kooki. Un boxer pot de colle et joueur, tout ce dont il avait besoin. Il a été son compagnon pendant douze ans. Il a ensuite accueilli Effie, qu'il a gardé sept ans. Par deux fois, il a eu le cœur brisé par leur disparition, par deux fois il a juré qu'il n'en reprendrait pas, que c'était trop douloureux. Qu'il préférait se passer du bonheur plutôt que le perdre un jour. Il a chaque fois fini par retourner traîner sa solitude dans un refuge, et par rentrer chez lui avec une autre solitude posée sur le siège arrière de la voiture. Sa dernière chienne, Soka, une rottweiler au passé atroce, vit chez moi depuis que mon père n'est plus là. Kooki, Effie et les autres ont été incinérés, mon père n'a jamais réussi à se séparer de leurs cendres. Alors, avec Clément, on a eu l'idée d'en glisser un peu dans un sachet puis dans son cercueil. Je savais que c'était interdit, mais on s'est dit que personne n'en saurait rien. Un petit sachet, c'est discret. Sauf qu'on n'a jamais réussi à ouvrir les urnes. Elles étaient scellées. On a donc dû les mettre entières.

Bref, on a fait semblant de ne pas comprendre, pour la forme, comment l'urne pouvait être trop petite, et on en a choisi une plus grande. Beaucoup plus grande.

On n'a toujours pas trouvé la force de disperser ses cendres. Peut-être qu'on ne le pourra jamais, et que je me retrouverai avec l'énorme urne de mon père dans mon cercueil.

…

Je veux me faire incinérer, moi aussi. Je l'ai dit à tout le monde autour de moi.

Le truc, c'est qu'on n'envisage pas réellement notre propre mort. On garde l'échéance dans un coin reculé de notre esprit, on y pense comme à un pays lointain, on angoisse parfois, quand on effleure cet inévitable, mais on le recouvre d'un mouchoir. L'idée même est intolérable. Comment concevoir que l'on n'existera plus, que l'on ne sera plus nulle part, que l'on s'effacera peu à peu des mémoires, que la valse du monde se poursuivra sans nous, alors que nous sommes là, présents, conscients ? Comment accepter qu'un jour nos pensées se tairont, laisseront place au silence ?

On ne nous prépare pas assez. La mort est un tabou, on la tait aux enfants, on la tient à distance des vivants. Je crois qu'on se trompe. On devrait nous enseigner qu'on va mourir comme on nous enseigne le théorème de Pythagore. On devrait nous préparer, pour qu'au chagrin ne s'ajoute pas la sidération. On devrait nous dire que nos jours sont comptés, que, quoi que l'on fasse, notre existence prendra fin, que la seule inconnue est l'échéance, qu'on ne peut pas ralentir, pas revenir en arrière, pas mettre sur pause. Alors, peut-être l'accepterait-on plus facilement. Peut-être même vivrait-on plus intensément.

Je n'ai pas eu le droit d'aller à l'enterrement de ma grand-mère. J'avais dix ans, mes parents ont considéré que j'étais trop jeune. Quand Tristan a voulu voir mon père au funérarium, j'ai compris mes parents. L'idée m'était insupportable. J'avais peur que cette image efface tout ce qu'ils avaient partagé ensemble. Je redoutais son chagrin, j'aurais voulu l'épargner. Si j'avais pu lui cacher ce qui était arrivé, je l'aurais sans doute fait.

J'ai finalement dit oui.

Parce qu'on ne se console pas en s'empêchant de pleurer.

C'est un peu la raison de ma présence ici, n'est-ce pas ?

…

Pardon, je parle, je parle, mais je vois que j'ai dépassé l'heure. C'est à cause de patients comme moi que vous finissez en retard. Je vais laisser ma place à la dame après moi.

D'ailleurs, à ce propos… Le monsieur qui est là d'habitude, il a changé d'horaire ?

18

Elsa s'installa dans la salle d'attente et ouvrit son livre à la page marquée par un rectangle de carton. Les réseaux sociaux et les jeux en ligne l'avaient bien aidée à se détourner de la réalité, mais elle avait fini par se lasser. Elle avait écouté un podcast qui donnait des clés pour se réapproprier son temps et cesser de le dilapider. En allant chercher dans les statistiques de son téléphone, elle avait été effarée de constater que les heures qu'elle passait à consommer du vide lui auraient permis de lire un livre par jour.

Elle préférait les activités qui élevaient l'âme. Son fils la traitait souvent de snob. Elle s'en offusquait, mais, face à quelques exemples bien trouvés, elle avait été forcée d'admettre qu'il n'avait pas totalement tort. Elle désespérait de le voir écouter des musiques dont les paroles n'avaient jamais croisé un Bescherelle et regarder des vidéos dont le QI des participants rivalisait avec celui d'un tapis angora. Dieu merci, il s'était récemment mis à la guitare, et il avait toujours aimé lire. Des mangas, certes, mais elle n'abandonnait pas l'espoir de le voir succomber aux romans.

C'est sa mère qui avait éveillé chez Elsa l'amour des mots. Chaque soir, au coucher, elle lui lisait une histoire, espérant aiguiser ses sens. Ils résidaient dans un appartement perché au septième étage d'une tour et les fins de mois étaient diététiques, mais les étagères foisonnaient d'escapades brochées. Sa mère tenait pour vrai que la culture était la plus grande richesse. À la lecture, son père préférait les comédies et les films d'action. Dès leur plus jeune âge, Clément et elle furent initiés aux De Funès, Stallone et Bruce Lee. Sur cet aspect, Elsa tenait de sa mère.

— Bonjour ! fit Vincent en entrant dans la salle d'attente.

— Oh ! Bonjour, sursauta Elsa. Je n'ai pas entendu sonner.

— Je voulais vous faire la surprise, répondit-il avec un clin d'œil.

Elsa haussa les sourcils.

— Je déconne, ajouta-t-il, la sonnette ne fonctionne plus. Comment va votre fils ?

— Bien, répondit-elle, étonnée qu'il s'y intéresse. Il a bricolé un système pour pouvoir se baigner avec son plâtre. Il n'attend rien de plus de la vie.

— Après tout, il a raison. Tout est là.

Vincent s'assit dans le siège face à celui d'Elsa et désigna d'un signe de tête le livre qu'elle pressait entre ses mains :

— *Les Contemplations*. Vous aimez Hugo ?

— J'ai lu toute son œuvre plusieurs fois. J'ai un faible pour ce recueil en particulier. J'avais besoin de le relire. Vous le connaissez ?

— Je l'ai étudié au lycée, mais jamais rouvert depuis. Les cours de français m'ont longtemps dégoûté des classiques. Je trouvais grotesques toutes ces analyses de textes. On prête aux auteurs des intentions qu'ils n'ont sans doute pas eues.

— J'adorais cette matière, répliqua Elsa. Pour les mêmes raisons que vous la détestiez. Entrer dans la tête des écrivains me fascinait, je crois au contraire que c'est la meilleure façon d'exprimer du respect à l'égard de l'auteur et de son œuvre. L'écriture n'obéit pas au hasard, un écrivain est un orfèvre, tout est pensé, pesé.

— Si vous le dites. Vous avez un poème préféré dans ce recueil ?

Elsa réfléchit.

— Ce n'est pas mon préféré, d'autant que c'est celui qu'on nous faisait réciter à l'école au point de lui faire perdre tout son charme, mais « Demain, dès l'aube… » me parle beaucoup en ce moment.

Elle tenait son livre contre elle comme on s'accroche à une nécessité. Vincent perçut son émotion.

— Vous voulez bien me le lire ?

Elsa fut étonnée de cette requête. Partager un texte avec un inconnu lui apparaissait intime, pourtant, devant l'intérêt manifeste de Vincent, elle s'exécuta.

— « Demain, dès l'aube, à l'heure où blanchit la campagne,
Je partirai. Vois-tu, je sais que tu m'attends.
J'irai par la forêt, j'irai par la montagne.
Je ne puis demeurer loin de toi plus longtemps.
Je marcherai les yeux fixés sur mes pensées,
Sans rien voir au-dehors, sans entendre aucun bruit,
Seul, inconnu, le dos courbé, les mains croisées,
Triste, et le jour pour moi sera comme la nuit.
Je ne regarderai ni l'or du soir qui tombe,
Ni les voiles au loin descendant vers Harfleur,
Et quand j'arriverai, je mettrai sur ta tombe
Un bouquet de houx vert et de bruyère en fleur. »

Vincent décela un changement dans la voix d'Elsa lors de la lecture du dernier vers, comme si elle peinait à traverser sa gorge serrée. Elle attendit quelques secondes avant de relever les yeux.

— Il l'a écrit après la mort de sa fille, dit-elle. Elle avait dix-neuf ans. Elle s'est noyée dans la Seine. Il ne s'en est jamais remis.

— Je sais, répondit Vincent.

Il se leva et se planta devant la fenêtre.

— Vous avez raison, ce poème est très beau.

La pièce lui sembla tout à coup étouffante. Alors, il fit ce qu'il savait faire de mieux chaque fois qu'il craignait de manquer d'air :

— On se suicide à quelle heure ?

Elsa ravala les larmes qui s'étaient agglutinées dans sa gorge. Elle se sentit giflée par la dérision de cet homme. Elle l'observa, avec son regard qui se foutait de tout et sa tenue pas mieux. La colère l'envahit :

— Sautez le premier, je vous rejoins.

— Vous êtes vexée ?

— Pas du tout.

— Votre voix affirme le contraire, dit-il.

— La vôtre laisse entendre que vous êtes doux. Il faut croire que parfois les voix mentent.

Elsa fit mine de se replonger dans son livre.

— Je suis désolé, dit Vincent en se rasseyant. J'ai connement essayé de détendre l'atmosphère, je fais toujours ça quand je suis ému. Le texte était très…

— Je peux lire en paix ? le coupa-t-elle.

— Vous pouvez.

Il fit mine de se coudre la bouche, tout en ayant parfaitement conscience du ridicule de son geste. Il se saisit d'un magazine sur le guéridon et l'ouvrit assez haut pour cacher son visage cramoisi.

Des voix dans le couloir indiquèrent que le docteur Chaumet avait terminé son rendez-vous. Elsa rangea son livre et fit face à *Senior Magazine*.

— Je viens de perdre quelqu'un, lâcha-t-elle en se levant.

Vincent baissa le journal :

— Je suis désolé.

— J'espère bien.

— Je sais que ça ne se voit pas de prime abord, mais je suis souvent très con.

— Détrompez-vous, ça saute aux yeux.

Elsa quitta la salle d'attente. Vincent sourit.

19

Elsa

J'ai un trouble de l'attention. J'ai été diagnostiquée à quarante ans, je ne l'avais jamais envisagé auparavant, en dépit de l'évidence. C'est lors du dépistage de mon fils, qui avait de gros problèmes de concentration, que je me suis dit « Tiens, ça me ressemble beaucoup ». Le diagnostic a éclairé nombre d'aspects de ma personnalité que je ne supportais pas : mes retards incessants, mon impatience dans les situations qui s'éternisent, mon incapacité à mener deux projets de front, le chaos de mes émotions, ma procrastination, et surtout ma mémoire lacunaire. Elle a toujours été un problème. Malgré une écoute attentive, je ne retiens pas ce qu'on me raconte. Je peux lire la moitié d'un livre avant de prendre conscience que je l'ai déjà lu. Idem pour les films. Je peux rire cinq fois de suite à la même blague. J'oublie des événements importants, pourtant je me souviens de détails anodins. J'omets de répondre aux messages, quelle que soit leur importance : je les reçois, je les lis, je me promets d'y donner suite, et ils s'évanouissent de mon esprit. La liste est longue, je pourrais poursuivre à l'infini, mais j'en viens au fait. J'ai compris récemment que mon père aussi avait un trouble de l'attention.

Il notait tout sur des post-it. Ce qu'il devait acheter, ses mots de passe, les dates anniversaires, les choses à faire, les choses à dire. C'était sa manie. Quand il passait me voir ou quand on s'appelait, il sortait sa liste et il me racontait. La dernière frasque du voisin, un truc vu dans une émission, une nouvelle fleur à sa plante, une bêtise de sa chienne, un potin sur un collègue. Ça m'exaspérait. C'était mécanique, comme une énumération. Il n'y avait aucune transition d'un sujet à l'autre, même une liste de courses offre plus de cohérence. J'ai longtemps détesté sa faculté à parler au vent. Je ne voyais pas que, dans ces sujets qu'il prenait le temps de noter sur ces carrés jaunes, c'était notre lien qu'il entretenait.

Je donnerais tout pour revenir en arrière. L'entendre me raconter que monsieur Ramos est encore rentré bourré, que quelqu'un a remporté mille euros en grattant un ticket au bureau de tabac, qu'il a eu sa sœur au téléphone et qu'elle a une sciatique. Je voudrais qu'il m'exaspère. Je voudrais avoir compris à temps que ces moments-là me manqueraient un jour, que dans ces conversations insipides se logeait son amour.

…

Je suis arrivée en retard.

…

Depuis onze jours, on savait qu'il vivait ses derniers. L'AVC qu'il avait fait quelques semaines auparavant l'avait abîmé. Il s'exprimait avec difficulté, il était paralysé du côté gauche, il souffrait de troubles cognitifs et de la déglutition. Il a fait une fausse route, qui a déclenché une infection pulmonaire. Au bout de trois jours d'antibiotiques et d'oxygène, la saturation ne remontait pas, la température ne diminuait pas, les organes étaient mis à rude épreuve. On nous a fait comprendre que c'était mal engagé.

Il était faible, il ne bougeait plus, il fallait le repositionner régulièrement pour éviter les escarres. Il avait les yeux dans le vide. Parfois, il les plongeait dans les nôtres, et ce que j'y lisais me retournait le bide.

On y était toute la journée. Mon frère et moi. Ma mère venait souvent. Pendant des années, ils ne s'étaient pas adressé la parole, mais le temps avait dissous les rancœurs et les avait rapprochés. Elle s'arrêtait parfois le voir à son jardin communal, il venait bricoler chez elle. Il y avait une certaine étrangeté, une certaine émotion aussi, à les voir si complices après s'être autant haïs. Dans la douceur d'un geste, dans la tendresse d'un regard, on pouvait deviner les jeunes amoureux qu'ils avaient été.

On lui faisait écouter de la musique, j'avais composé une playlist avec ses chansons préférées. Je lui lisais des bouts de romans, Clément lui racontait les actus du jour. Ma mère passait un gant humide sur son front. J'ai espéré jusqu'au dernier moment, vous comprenez ? Au-delà du rationnel. C'est d'une cruauté sans nom de voir s'éteindre quelqu'un qu'on aime, de pouvoir encore toucher ses mains, caresser sa peau, entendre sa voix, voir sa poitrine se soulever, sentir son souffle, recevoir son regard, de pouvoir s'en repaître, s'en gaver, en sachant que ce sera bientôt fini et que ce bientôt ne nous appartient pas. Il rejoindra le monde des souvenirs, le monde des absents. C'est d'une cruauté sans nom d'avoir rendez-vous avec la mort. De la savoir en chemin. De l'attendre.

Alors, j'ai filmé ma main qui caressait son avant-bras. J'ai filmé la sensation de sa peau sous mes doigts pour l'emprisonner. J'ai sa voix sur des messages, son image sur des photos, son odeur dans son flacon de parfum, mais, de la texture de sa peau, de sa chaleur, de sa joue piquante contre la mienne, de son bras autour de mes épaules, de ma main sur sa main, il ne reste rien. Je le savais en filmant, pourtant, je savais que je n'enfermais qu'une image, mais le désespoir pousse à l'insensé.

Les derniers soirs, ils nous ont autorisés à déborder des horaires de visite. J'ai demandé si je pouvais dormir sur place, sur une chaise, peu importe. Ils ont dit qu'il n'y avait aucun signe d'imminence, que je ferais mieux d'aller me reposer. Mes cernes se creusaient de jour en jour. Je dormais à l'hôtel, le plus proche de l'hôpital.

Ils m'ont appelée à 9 h 25, je me préparais à y aller.

« Venez. Faites vite. »

J'ai prévenu mon frère, il avait vingt minutes de route. J'ai sauté dans des chaussures, couru dans les escaliers, dans l'entrée, sur le parking. J'avais oublié mes clés de voiture. J'ai dû remonter. Les chercher plusieurs minutes, en vain. Elles étaient restées dans la voiture.

La médecin m'attendait devant la porte.

« C'est fini. »

…

Quatre minutes de retard.

Il est parti seul.

À cause de ce putain de TDAH.

20

Vincent

Je vous ai manqué, docteur ?

Les vacances m'ont fait du bien. Je suis parti dix jours avec mes filles. Elles rêvaient de camping. Leurs cousins y avaient séjourné et leur avaient vanté les toboggans aquatiques, les glaces à volonté et les spectacles musicaux.

Quand j'étais gamin, on passait les deux premières semaines d'août dans un camping municipal paumé au milieu des Landes. Pas de piscine, l'océan à trente minutes de voiture, juste un terrain de pétanque, une petite épicerie, une canadienne sous laquelle on dormait dans des duvets, l'odeur des pins et le village à dix minutes à pied. Mes parents n'avaient pas les moyens pour mieux, mais j'en garde des souvenirs fabuleux. Ils n'étaient pas les mêmes que le reste de l'année. Dès le jour du départ, quand on chargeait la voiture, tout dans mon père se détendait. Il parlait moins vite, marchait moins raide, tirait moins fort sur ses clopes. Il se plaignait moins de son dos et de ses articulations, aussi, comme s'il avait déposé ses douleurs sur les chantiers avec la promesse de les récupérer au retour. Ma mère avait besoin de plus de temps pour désincruster son corps du quotidien, pour ne plus entendre le moteur de l'aspirateur, ne plus sentir la javel, ne plus penser aux regards des malades dont elle récurait les chiottes. Chaque année, ils retrouvaient les mêmes amis, Martine et Christian, Françoise et François, deux couples avec des enfants d'à peu près mon âge. C'étaient des amis de l'été, qui disparaissaient de nos vies à l'automne et y réapparaissaient, un an plus tard, nous un peu plus grands, eux un peu plus vieux.

Mes parents ont acheté la caravane pliante que vendaient Martine et Christian. Ils avaient beaucoup réfléchi, ça représentait une fortune, mais ils leur avaient proposé de la payer en dix fois. Elle était minuscule et pas de prime jeunesse, chaque fois que je touchais une porte ou que j'y entrais avec la vigueur de l'adolescence, mon père disait « Doucement, elle tient debout parce que c'est la mode ». Je n'ai jamais compris cette expression, mais le message passait. Ils se sont fâchés avec Christian, à cause du mois de décembre qu'ils n'ont pas pu honorer. Ils avaient dû faire un choix entre mon cadeau de Noël et la caravane. Les autres parents ont pris le parti de Martine et Christian, ma mère ne voulait plus y mettre un pied, elle disait « Je supporte l'odeur de merde, les ampoules dans les mains, les réflexions salaces des gens quand je me baisse pour essorer la serpillière, je supporte la fatigue, la privation, mais, la honte, ça jamais ! » Je sais pas trop comment mon père l'a convaincue, l'été d'après, on y est retournés. Pour moi, ça ne changeait rien : je traînais avec les copains, j'ai le souvenir d'une liberté totale, on faisait du vélo, on jouait aux raquettes, les problèmes des adultes n'effleuraient pas notre innocence. C'est ce que j'ai voulu offrir à mes filles.

On est partis à Argelès-sur-Mer. Je n'avais pas idée que c'était le temple du camping. Il y en a partout, du petit terrain ombragé, de l'écolo perché dans les arbres, du grand complexe avec routes, discothèque et toboggans à loopings… Chaque fois qu'on en dépassait un, Lou me demandait si c'était celui-là. J'avais choisi sur Internet, d'après les avis. Bon, de toute évidence le propriétaire avait beaucoup d'amis. Notre bungalow se trouvait en plein soleil, il y faisait une chaleur de dessous de bras, la douche était soit chaude soit froide, mais jamais les deux en même temps, et je pouvais toucher le bungalow d'à côté depuis la fenêtre des toilettes. La première nuit, Joséphine s'est réveillée en sursaut à cause du tonnerre. Elle a une peur panique de l'orage. Je peux la comprendre, j'ai la même. J'avais la tête dans le cul, mais il m'est quand même venu à l'esprit que les grondements étaient bien réguliers. En sortant, j'ai compris que ce n'était pas le ciel qui tonnait, mais la luette du voisin.

J'ai passé une partie de la nuit à préparer mentalement notre retour à la maison, à chercher sur mon téléphone des idées de sorties pour réconforter les filles qui seraient inévitablement déçues.

Elles m'ont réveillé à sept heures en sautant sur mon lit, les lattes n'ont pas supporté, on s'est retrouvés par terre. On a mis du temps à se relever tellement on riait. Joséphine a fini par crier :

— Je veux aller à la piscine !

— Non, à la plage ! a dit sa sœur.

Je les ai regardées se chamailler avec ardeur, puis tomber d'accord sur le programme : piscine le matin, plage l'après-midi, glace à l'italienne entre les deux. Je n'avais évidemment pas mon mot à dire. J'ai rangé mes envies de départ.

On a passé une super semaine. Il y avait trop d'éclaboussures dans la piscine, trop de sel dans la mer, trop de sable entre les orteils, trop d'attente pour manger, trop de décibels, trop de crème solaire, pourtant c'était vraiment bien. Mes filles ont réussi à me traîner aux soirées organisées et même à me faire glisser sur le plus grand toboggan du bassin. Je me suis retrouvé avec la raie apparente, les quatre fers en l'air, et c'est évidemment à ce moment-là qu'une lectrice m'a reconnu.

— Vincent Privat ? Oh, j'adore vos livres !

Je ne sais pas ce qui m'a pris, malgré l'évidence, j'ai répondu :

— Sorry, I don't speak French.

J'ai passé le reste du séjour sous une casquette et des lunettes de soleil.

...

Mes filles sont reparties hier chez leur mère. Elle m'a envoyé un SMS le soir, elle jugeait visiblement indispensable de me faire savoir ce qu'elle pensait de tout le sucre qu'elles avaient ingurgité, des heures auxquelles je les avais couchées. Bref, elle m'a parlé de tout, sauf de l'essentiel. Je suis fasciné par la manière dont on peut mépriser une personne qu'on était certain d'aimer pour l'éternité. Je pensais connaître toutes les facettes d'Anaïs. Depuis notre rupture, j'ai découvert quelqu'un d'autre.

Je crois que c'est moi qui les rends comme ça.

Je transforme l'amour en haine. Je passe de l'objet de leur affection à leur plus grand regret.

…

Si je veux arrêter de foirer toutes mes relations, il va falloir que je soulève le mouchoir. Oui, on y vient, docteur, au vrai sujet. Mais j'ai encore besoin de faire quelques détours.

21

Elsa avait projeté de traverser ce samedi à l'image de tous les autres : en lisant, dormant, se nourrissant, alternant entre salon, chambre et hamac. Tristan était rentré de chez son père, mais passait le plus clair de son temps avec ses amis. L'époque où son fils avait besoin d'elle lui manquait.

Sonia avait projeté tout autre chose : ne supportant plus de voir Elsa sombrer dans l'isolement, elle ne lui avait pas laissé d'autre choix que de la suivre pour passer la journée à Bordeaux. Son amie d'enfance avait de bons arguments :

— C'est pas grave si tu veux pas venir, je suis sûre que Charlène m'accompagnera avec plaisir.

Elsa aimait beaucoup Charlène, mais uniquement quand elle l'imaginait morte. Elle se prépara, et toutes deux prirent la route dans le sens inverse des vacanciers.

La chaleur écrasait la ville. Dans la rue Porte Dijeaux, d'aucuns rasaient les murs dans l'ombre des immeubles, d'autres se désaltéraient sous un parasol en terrasse. Les boutiques étaient des havres de fraîcheur, Elsa et Sonia passaient de l'une à l'autre sans distinction : vêtements, bijoux, chaussures, téléphones, pharmacies, décoration.

— J'ai presque plus rien à lire, annonça Sonia en pénétrant dans une librairie.

Elles traversèrent les beaux-arts, le voyage, la psychologie, feuilletant quelques ouvrages au passage, jusqu'à se rendre à la littérature générale. Des dizaines de personnes étaient agglutinées dans une allée.

— C'est quoi tout ce monde ? soupira Elsa.

Sonia remonta la file d'attente et revint avec une mine aussi réjouie qu'inquiétante :

— C'est une dédicace de Vincent Privat !

— Magnifique, ironisa Elsa en se mettant un doigt au fond de la bouche.

— Arrête, je suis sûre que t'as jamais ouvert un de ses romans. Tu veux bien qu'on fasse la queue ?

— Demande-moi si j'ai envie de sauter dans la Garonne.

Sonia haussa les épaules :

— Charlène aurait été plus sympa.

— Ouais, mais elle pue de la gueule. On peut pas tout avoir.

Sonia attendit. À son corps défendant, Elsa resta avec elle, non sans la gratifier de remarques bien senties aussi régulièrement que possible. Au bout d'une heure de piétinement, elle abandonna son amie.

— Tu sais qu'il va à peine te regarder et écrire une pauvre phrase bateau ? tenta-t-elle en dernier recours.

— Je m'en fous. Je veux lui dire à quel point j'aime ses livres.

— Comme s'il ne le savait pas. Regarde tous ces gens, aucun n'est venu lui dire qu'il écrivait de la merde. Rien que pour ça, je devrais rester.

— Tu es odieuse.

— Je t'attends au rayon psychologie. À la lettre D comme dépression.

Elsa s'éloigna de la foule. L'engouement pour ce genre de littérature, si l'on pouvait l'appeler ainsi, la dépassait. Certains arguaient que ces histoires faciles, pleines de bons sentiments, permettaient au grand public d'entrer dans la lecture, mais, à ses yeux, il ne s'agissait ni plus ni moins que d'un nivellement de la culture par le bas.

Elle passa devant une immense affiche clamant l'événement exceptionnel : « Rencontre avec Vincent Privat le samedi 7 août à 11 heures. » Le visage en quatre par trois de son voisin de salle d'attente souriait, débarrassé des rides qu'elle lui connaissait.

— Oh putain.

Elle rebroussa chemin, remonta la file d'attente et observa l'homme de loin.

Vincent était épuisé. Il avait failli annuler, la perspective de devoir sourire à des inconnus lui paraissait insurmontable. Depuis sa dernière séance avec le docteur Chaumet, il se sentait vide, inconsistant et lâche. Ça n'était pas franchement nouveau, il cohabitait avec lui-même depuis un temps déjà, mais il ne l'avait jamais ressenti à ce point. Le matin, en se rasant, il avait vu un mensonge dans le miroir. Un mensonge avec des cernes et une sale gueule.

Les lecteurs étaient déjà nombreux à son arrivée, et ils l'avaient accueilli avec une salve d'applaudissements. Cette bienveillance à son égard le désarmait. Il avait voulu disparaître dans le sol, comme chaque fois que l'attention était dirigée sur lui.

Il était censé terminer une heure plus tard, mais, au vu du nombre de personnes encore présentes, cela n'arriverait pas. Souvent, lors de ses séances de dédicaces, il fallait couper la file d'attente, limiter le nombre de personnes afin de ne pas dépasser l'horaire de fermeture de la librairie. Vincent prenait son temps avec chacun.

La plupart avaient des choses à lui dire, une histoire à partager, un ressenti à livrer. Il recevait chaque compliment comme si c'était le premier. Quelques mots, des regards, un sourire, deux humains, une rencontre. C'était pour ces moments-là qu'il se faisait violence, pour ces petits éclats de vie qui colmataient ses failles et rassuraient ses doutes de plus en plus importants sur la nature humaine.

Ce qui le bouleversait le plus était sans nul doute les lecteurs intimidés. Ceux qui n'osaient pas, qui balbutiaient, les yeux humides. Il savait, d'expérience, qu'ils repartiraient avec le regret de ne pas avoir dit tout ce qu'ils étaient venus dire. Alors, Vincent faisait la conversation, tel un coiffeur au bac, leur demandait s'ils habitaient loin, s'ils lisaient beaucoup, quels auteurs ils aimaient, il lui arrivait souvent de commenter la météo ou la ville qui l'accueillait.

Après avoir échangé avec une vieille dame adorable et alors que Vincent essayait de remettre ses idées dans le bon sens, un homme se posta face à lui, sans livre à la main.

— Je voulais vous remercier, commença-t-il.

— Merci à vous, répondit Vincent.

— Ma femme a lu votre livre, elle l'a beaucoup aimé.

— Ah oui ? Lequel ?

— J'ai oublié le titre, mais c'est l'histoire d'une femme qui quitte son mari après vingt ans de mariage, expliqua l'homme.

— D'accord, c'est le dernier. Vous voulez que je le lui dédicace ? proposa Vincent.

— Impossible, elle est partie avec. Elle m'a dit qu'il lui avait donné le courage de me quitter. Je suis donc venu vous remercier d'avoir détruit ma vie, monsieur Privat.

Mathilde, l'éditrice de Vincent, toujours en arrière-garde, se rapprocha d'eux avec la finesse d'un crabe :

— Tout va bien ?

— Oui, la rassura Vincent. Monsieur est simplement venu me dire qu'il n'a pas aimé la fin… (Il se tourna vers l'homme.) Je suis sincèrement désolé.

L'homme repartit sans un mot.

— Ce qui est con, marmonna Mathilde qui n'avait pas perdu une miette de leur échange, c'est qu'il semble persuadé que tout est de ta faute, alors que sa femme l'a sûrement quitté pour une bonne raison.

— Je ne vais pas le blâmer. Je sais combien il est plus supportable d'être lâche que triste.

Elsa quitta son poste d'observation et sortit attendre Sonia dans la moiteur.

22

Elsa attendait le docteur Chaumet depuis une vingtaine de minutes quand Vincent fit son entrée. Ses cheveux dégoulinaient sur son front, la pluie tombait sans discontinuer depuis trois jours, désaltérant les sols qui avaient cruellement manqué d'eau.

— Il pleut, fit-il à l'intention d'Elsa.

— Ah ? Je n'avais pas remarqué.

— Ça devrait s'éclaircir demain, et en fin de semaine la chaleur sera de retour.

— Merci Évelyne Dhéliat, vous m'en voyez ravie. Vous faites aussi les points route ?

Vincent s'assit et extirpa un roman de la poche arrière de son jean. C'était un format poche, plié en deux dans sa hauteur. Elsa, qui ne souffrait pas la moindre atteinte aux livres, réprima des tics nerveux.

— Vous m'avez donné envie de me remettre aux classiques, dit-il en inclinant la couverture vers elle.

— Flaubert, très bon choix. Je vous conseille *Trois contes*, son meilleur à mes yeux. Vous travaillez dans l'édition, c'est bien ce que vous m'aviez dit ?

Vincent approuva d'un hochement de tête.

— Vous faites quoi exactement ? demanda-t-elle. Si ce n'est pas indiscret.

Vincent songeait depuis un moment à s'inventer un faux métier, pour les situations de ce genre, où il aspirait à être un anonyme parmi d'autres. Il avait plusieurs fois été témoin des changements de comportement à son égard, comme cette mère d'une camarade de classe de Lou qui ne répondait pas à ses bonjours jusqu'à ce qu'elle le reconnaisse à la télé et vienne, un beau matin, lui demander une dédicace à grand renfort d'accolades chaleureuses, ou cet hôtelier antipathique qui l'avait surclassé quand sa collègue l'avait reconnu, et ce genre d'attitude le mettait mal à l'aise. Ses anciens beaux-parents l'avaient accueilli avec des forceps. Il n'était pas de leur monde, ils le regardaient comme un nuisible sorti du caniveau et, les premières années, ils avaient tout tenté pour décourager Anaïs de s'engager dans une relation sérieuse avec lui. Il avait naïvement espéré que sa personnalité aurait raison de leurs réticences, mais c'était autre chose qui avait induit la transformation. Premier roman, premier succès, premier SMS de sa belle-mère :

« J'ai vu une affiche de ton roman à la librairie, j'ai dit à la responsable que tu étais mon gendre, elle les vend comme des petits pains. Nous sommes très fiers de toi, quelle évolution remarquable ! Qui l'aurait cru ? »

Il aurait préféré qu'ils continuent de le mépriser. Qu'ils continuent de voir en lui une personne non fréquentable. Ne pas avoir le sentiment d'être un trophée à brandir plutôt qu'un être humain.

Vincent ne s'était pas encore inventé de faux métier, alors il répondit :

— J'écris.

— Vous écrivez quoi ?

— Oh, des livres.

— Oh, des livres ? répéta Elsa sur le même ton, le ton de « oh des épinards, oh encore toi, oh le chat a chié par terre ».

Il scruta le visage d'Elsa à la recherche d'une réaction, il n'en trouva aucune. Elle se donnait un mal fou pour masquer son amusement.

— Quel genre de livre ?

— Des romans contemporains. Pas du Hugo, hein.

Que personne n'aille s'imaginer que monsieur l'écrivain contemplait sa prose avec passion. Il ne mentait pas, en l'occurrence. Vincent portait sur son travail un regard dépourvu d'indulgence. Il n'aimait rien tant qu'écrire, entendre l'idée germer, les personnages lui parler, voir le brouillard se lever tandis qu'il tapait frénétiquement sur son clavier, chercher le mot juste, le rythme qui claque, se laisser surprendre par des directions imprévues, sentir les rouages de son imagination se mettre en branle, voir les pages se noircir, et, de toutes ces lettres mises bout à bout, une histoire naître.

A contrario, se relire était une torture. Comme se voir sur une affiche ou s'entendre à la radio.

Il se demandait comment il avait pu consacrer autant d'heures à pondre une telle bouse, les personnages lui paraissaient soudain grotesques, l'histoire dispensable, le style anecdotique. Il prenait les critiques positives avec distance et les négatives à cœur, car il avait la douloureuse manie d'être d'accord avec ces dernières.

Elsa ressentit la gêne de Vincent. Son désir de changer de sujet était manifeste.

— Hugo n'était pas exempt de défauts, répondit-elle.

— C'est vrai. Et il paraît qu'il retouchait toutes ses photos sur Instagram.

— C'est ce qu'on dit aussi de Vincent Privat, répliqua Elsa.

Vincent eut un instant de stupeur puis il éclata de rire :

— Vous êtes cruelle !

— Pardon, c'était trop tentant, répondit-elle en se cachant les yeux.

— Vous m'avez reconnu depuis le début ?

— Non, je suis passée par hasard dans la librairie où vous dédicaciez samedi. Mon amie Sonia est folle de vos livres, elle a attendu une heure et demie pour vous le dire.

— Votre amie est formidable. Vous n'avez pas attendu avec elle ?

— Une éternité, si j'avais attendu plus j'aurais été désagréable.

— Vous m'avez bien habitué.

— Vous n'avez encore rien vu, répliqua-t-elle en souriant.

— Vous voulez que j'écrive un petit mot pour votre amie ?

— Elle en a déjà eu un.

— Oui, mais dans un livre médiocre.

— Elle est capable de l'apprécier.

Vincent ouvrit son Flaubert sur sa cuisse, dégaina un stylo et rédigea une dédicace. Il venait d'apposer sa signature quand le docteur Chaumet appela Elsa.

23

Elsa

Je me suis rendu compte d'une chose aussi belle que triste. J'étais en train de fouiller dans les photos de mon père.

Elles sont en vrac, dans une grande boîte en bois, le couvercle ne ferme pas tellement il y en a. Certaines sont en noir et blanc, avec ses frères et sœurs, lors de sa communion, il y a une photo de classe aussi. Je me suis amusée à le reconnaître. Pour la communion, je ne suis pas sûre. Des photos de lui jeune, avec ses cheveux longs et ses pattes d'éph. Ma mère, ma tante, et nous, beaucoup de nous, moi, bébé, dans les bras de mon père moustachu, mon frère à poil dans un bateau gonflable, moi qui fais la gueule devant le sapin de Noël, parce que c'était un autre Popples que je voulais, ma mère qui se fait un devoir d'avoir les yeux à moitié fermés sur toutes les images, les kermesses, puis tous les clichés sans ma mère, c'est fou d'ailleurs, c'est là qu'elle est le plus présente, nous en train de viser la cible avec les fléchettes, de faire un rami sec, de baigner le chien dans l'eau Sourde, les anniversaires, les bougies de plus en plus nombreuses, le temps qui passe sur papier brillant.

Certains clichés convoquaient des souvenirs, d'autres semblaient provenir d'une autre vie que la mienne. Cette petite fille au sourire timide, bien mise dans ses tenues assorties, m'était étrangère. C'est là que ça m'a frappée.

L'autre jour, je vous ai dit que je tenais mon humour de mon père. Je crois que ce n'est pas tout à fait exact.

J'ai toujours pensé que j'étais née avec ce besoin de rire et de faire rire, cette capacité à tourner les choses en dérision. J'ai toujours considéré que c'était davantage une composante de mon caractère qu'un comportement. Je me trompais. Je n'étais pas une enfant particulièrement attirée par la drôlerie. Je n'ai pas souvenir de fous rires marquants. Jusqu'au CM2, j'étais première de ma classe, j'étais la bonne élève qui mettait son bras devant sa feuille pour que personne ne copie. C'est en sixième que tout a changé. Mes notes ont dégringolé, ma mère était convoquée toutes les semaines dans le bureau du principal, j'ai été collée, même exclue provisoirement. Je m'en foutais, j'excellais dans une nouvelle matière : faire rire les autres. La salle de classe était mon théâtre, les élèves mon public.

La sixième, c'est l'année où mon père est rentré du travail et m'a serrée de toutes ses forces en me disant « Je suis malheureux ». L'année où il s'est mis à boire, où il s'est fait virer, où ses meubles ont été saisis, où il a commencé à se rendre chaque vendredi soir à la banque alimentaire. La sixième, c'est l'année où mes parents ont divorcé.

…

Je n'étais pas une petite fille drôle, docteur, je le suis devenue parce que je voulais redonner le sourire à mon père. Sa tristesse envahissait tout. J'ai développé un nouveau membre pour m'adapter à mon environnement.

L'humour n'est pas seulement son héritage. Avec le temps, c'était devenu notre langage. La vanne, la blague, la boutade, le jeu de mots, la galéjade. Mon père était mon meilleur public, le plus important. Jusqu'au bout. Les onze derniers jours, après l'AVC, il réagissait à peine quand j'entrais dans sa chambre, quand je l'embrassais. Il flottait ailleurs quand je lui parlais de son petit-fils, de mon frère, de sa maison et de sa chienne, mais, dès que je sortais une blague bien lourde, avec idéalement un ou deux gros mots en prime, quelque chose s'allumait dans son regard, et le bord droit de sa bouche, celui qui fonctionnait encore, se relevait légèrement.

24

Elsa lança un regard dans la salle d'attente et croisa celui de Vincent. Ils se souhaitèrent une bonne journée. Elle attendit que la porte d'entrée se soit refermée sur elle pour ouvrir le livre et découvrir la dédicace.

« Chère Sonia,
Je suis heureux que vous aimiez me lire, même si vous avez de drôles de fréquentations.
Amitiés,
Vincent »

25

Vincent

Je ne suis pas encore prêt à tout remuer. J'ai mis du temps à colmater les fissures, l'édifice reste fragile. Pour l'instant, je soulève le papier peint, un jour, peut-être, j'atteindrai les fondations.

Je peux commencer par vous raconter pourquoi mon éditrice m'a pris rendez-vous avec vous. On ne touchera pas au but, mais c'est un premier pas. Je vous ai dit que c'était après un coup d'éclat de ma part. C'était début janvier, dans un salon littéraire. J'ai passé les fêtes sans mes filles, elles étaient à la montagne avec leur mère et son mari, ma déprime a elle aussi pris de l'altitude.

J'aime beaucoup les salons. Les allées grouillent de passionnés de lecture, libraires et bénévoles sont en effervescence, et, entre auteurs, il règne une ambiance de colonie de vacances. Après la journée de signature, il y a souvent des dîners organisés, et je dois avoir du flair, j'atterris toujours à la table où on se marre.

Le métier d'écrivain est solitaire, mon seul collègue est mon ordinateur, en période intensive je peux passer des jours à ne parler à personne. C'est un luxe, j'ai connu les collègues cons et les patrons pas moins, mais les réunions à la machine à café me manquent parfois. Je retrouve ça dans les salons. J'y ai fait de belles rencontres, certains auteurs sont devenus des amis.

Bref, on est donc en janvier à ce salon. C'est samedi soir, j'ai à peine le temps de prendre une douche à l'hôtel qu'il faut déjà se rendre à la soirée. Je suis épuisé, et je sais que ce n'est pas uniquement dû à la journée écoulée. Depuis plusieurs semaines, mois peut-être, je ressens une profonde lassitude, une mélancolie qui dépose un voile opaque sur tout ce qui m'entoure.

C'est une grande salle avec des tables rondes, et elle est pleine. Il doit y avoir trois cents personnes. Je suis assis entre Mathilde, mon éditrice, et Anne-Marie, une romancière publiée dans la même maison que moi. Quand j'étais môme, son parcours me faisait rêver : ancienne secrétaire au chômage, elle avait envoyé un manuscrit par la poste sans trop y croire. Quelques mois plus tard, il paraissait en librairie et rencontrait un succès phénoménal.

Traduit dans le monde entier, adapté au cinéma. Elle a enchaîné les best-sellers pendant plus de vingt ans, les gens faisaient la queue des heures pour la rencontrer, on la voyait partout, à la télé, sur les flancs des bus, dans les gares, elle était la star de la maison d'édition. Je me rappelle la manière dont tout le monde la traitait il y a encore quelques années, on raccrochait presque au nez des autres pour prendre son appel, je me souviens des flatteries, des soirées organisées en son honneur. Je me souviens aussi avoir entendu les mêmes personnes encenser ses textes face à elle et les mépriser à voix basse, et m'être promis de ne jamais oublier ça.

J'étais très impressionné quand je l'ai rencontrée, et elle a toujours été d'une grande gentillesse avec moi. Je l'apprécie beaucoup.

Au dessert, elle me demande si je suis au courant.

Le vin est bon. Je me suis resservi plusieurs fois pour n'avoir aucun doute.

— Au courant de quoi ?

— Je m'en vais.

Elle m'explique que ses romans se vendent de moins en moins. Que le dernier a été qualifié de catastrophe industrielle.

— Plus personne ne me prend au téléphone. J'écris des mails qui restent sans réponse. J'ai finalement obtenu un rendez-vous avec Richard, qui m'a expliqué qu'il fallait comprendre, crise du marché du livre, blablabla, covid, blablabla, choix difficiles, blablabla, merci au revoir. Tu te rends compte ? Vingt-sept ans et je suis jetée dehors comme une malpropre.

Je lui ai dit que j'étais désolé, j'étais surtout en colère (les deux se confondent quand je suis bourré). Je voyais déjà l'arrivée de Richard à la tête des éditions du Mascaret d'un œil suspicieux. L'ancienne PDG avait été forcée de débarquer pour de sombres raisons politiques, et, à la surprise générale, Richard avait été nommé en remplacement. Il était auparavant directeur éditorial dans la maison, et ne remportait pas un franc succès auprès de ses collègues. Ses accès de rage, sa violence et sa propension à s'arranger avec la vérité, voire à la construire de toutes pièces, étaient connus de tous. Il n'avait, pour beaucoup, qu'une qualité : sa malléabilité entre les mains du grand patron du groupe, lui-même à la botte d'un ancien homme politique puissant. Quiconque osait opposer la moindre résistance ramassait sa tête au pied du billot et se la calait sous le bras. Depuis son avènement, Richard enchaînait les dérapages, ses frasques étaient devenues les histoires drôles les plus courues de Paris. Quand il était invité, il ne décevait jamais.

Plusieurs personnes, dont celles avec lesquelles j'avais créé des liens plus forts que professionnels, ont quitté la maison. La seule raison qui me poussait à rester était Mathilde, mon éditrice, qui hésitait encore à partir, et à laquelle je voulais demeurer fidèle. En me racontant son histoire, et en me remplissant un nouveau verre de vin, Anne-Marie allume la mèche.

Richard est à la table voisine, en compagnie de tous les autres PDG.

Il m'adore, évidemment. Je suis l'une des premières personnes qu'il a tenu à avertir de sa nomination, avant ses collaborateurs, alors que nous ne nous étions croisés qu'une fois entre deux portes. Il tenait ainsi à me témoigner sa déférence et son ambition vorace de me propulser au firmament, mais absolument pas, a-t-il tenu à préciser à plusieurs reprises, à me fournir une bonne raison de ne pas quitter le navire. Je voyais son jeu comme s'il était étalé sous mes yeux. Il fait partie de ces gens qui m'ont toujours pris pour un bouseux décérébré. Je ne cherche pas à les détromper, mon accent prononcé et mon côté mal dégrossi leur suffisent, ils baissent leur garde et m'offrent une longueur d'avance.

Le café est servi avec sa farandole de discours. Le maire, le commissaire de la manifestation, le parrain, les gagnants des prix du salon et des membres du jury, dont Richard. Après avoir sommairement rendu hommage à la qualité des textes, il en vient à son activité favorite : prouver qu'il a la plus grosse.

« Quand on m'a confié les rênes des éditions du Mascaret, je n'ai pas saisi l'ampleur de la tâche. Cette maison prestigieuse, qui publia jadis les plus grands noms, était à l'agonie, presque enterrée par une longue succession de choix éditoriaux hasardeux et une gestion pour le moins légère. J'ai accepté la mission avec honneur et espoir, et, six mois plus tard, force est de constater qu'elle est hautement accomplie. Nous commençons l'année avec des résultats en nette progression et des projets exceptionnels, qui, si je ne peux vous en révéler la nature, figureront à coup sûr dans les meilleures ventes de la décennie. Les éditions du Mascaret peuvent aussi compter sur l'une des plus grandes marques du paysage littéraire contemporain, qui a eu l'intuition de nous renouveler sa confiance quand d'autres ont préféré fuir. Merci Vincent Privat, j'aimerais qu'on l'applaudisse ! »

Tous les regards se tournent vers moi, pile au moment où je tentais péniblement de déloger un bout de poulet coincé entre mes dents. Applaudissements. J'ai envie de me cacher sous la table.

— Viens dire quelques mots, Vincent ! lance Richard dans le micro.

Je fais non de la tête, mais Richard est croisé morpion, il en faut plus pour qu'il me lâche.

— Il n'aime pas parler en public, poursuit-il. Encourageons-le ! Vin-cent, Vin-cent, Vin-cent, Vin-cent !

Mathilde me regarde avec compassion. La salle scande mon prénom, je me lève, verre à la main, et me faufile entre les tables jusqu'au micro. Richard tend ses bras et m'y engloutit, sans se douter que, à cet instant précis, je rêve de lui enfoncer le micro dans le cul pour voir s'il y a de l'écho.

— Bonsoir tout le monde, euh… il n'était pas prévu que je fasse un discours… j'aurais aimé vous épargner, mais j'en profite pour féliciter les gagnants pour leur prix, bravo Laurine, bravo Rodolphe, c'est cool de voir votre talent récompensé. Et puis, Richard, puisque tu m'en donnes l'occasion, je tiens à te remercier du fond du cœur pour tes mots. Nul n'ignore ta profonde sincérité, et je me réjouis d'être représenté par une personne qui considère les auteurs pour ce qu'ils sont vraiment : des artistes qui mettent leurs tripes dans leurs pages, et non des barils de lessive interchangeables. Dans ce milieu où l'euro fait loi, où les chiffres de vente cadrent les relations, il est précieux de se savoir soutenu par quelqu'un qui ne se soucie que de la qualité. Qualité des textes, qualité des rapports humains, qualité des conditions de travail de son équipe.

Richard jubile. Grâce à moi, tout le monde sait qu'il a la plus grosse. Je descends mon verre et poursuis.

— Je suis un peu long, donc je vais conclure. Richard, je déconnais, t'es qu'une merde, je quitte les éditions du Mascaret. Bonne fin de soirée à toutes et à tous !

Je regagne ma table sous un silence épais. Richard a viré au magenta, Mathilde a les yeux écarquillés, Anne-Marie glousse. J'apprendrai plus tard qu'elle n'avait pas vraiment été virée, mais que l'avance proposée pour son prochain roman, nettement inférieure aux précédentes, ne lui convenait pas.

Les écrivains n'intéressent pas le grand public, mon ridicule coup d'éclat n'a pas débordé de deux ou trois revues littéraires, mais, dans le milieu, ça a fait du bruit. J'ai été enseveli sous les appels. Les dirigeants du groupe auquel ma maison d'édition appartient ont tous tenté de me faire changer d'avis, j'ai dû recompter plusieurs fois le nombre de zéros de la somme proposée. Les éditeurs concurrents ont demandé à me rencontrer. Mathilde a finalement été tenue pour responsable (il en fallait bien une) et poussée à bout jusqu'à son départ. On a fini par atterrir tous les deux dans un nouveau groupe, mais elle n'a accepté de continuer avec moi qu'à la condition que je suive une thérapie. « Tu fais semblant d'aller bien depuis trop longtemps, Vincent. Et si tu me refais un coup comme ça, je meurs. » Je tiens trop à elle pour vérifier si elle bluffe.

...

Il m'aura fallu six mois de thérapie pour admettre qu'elle n'avait pas tort.

Je ne veux plus faire semblant d'aller bien.

26

Elsa lut la même phrase pour la trentième fois. Elle consulta sa montre, encore. Le docteur Chaumet tardait à libérer le patient précédent, et elle ressentait un agacement prodigieux. La nuit dernière avait été riche en événements, elle avait besoin de s'épancher.

Vincent arriva dans cette ambiance détendue.

— Vous allez bien ? questionna-t-il naïvement.

— Oui, merci, répondit-elle sèchement.

Il éclata de rire :

— Je vois ça. J'ose pas imaginer quand vous faites la gueule.

Il tendit un livre à Elsa.

— C'est quoi ?

— On dirait un livre, répliqua-t-il.

Elle s'en saisit.

— Vous êtes irritant.

— C'est mon nouveau roman. Il sort dans un mois, expliqua-t-il. Je l'ai dédicacé pour votre amie, elle l'aura avant tout le monde.

— Merci pour elle.

Elle l'ouvrit, renifla les pages, caressa la couverture et le retourna pour découvrir le résumé.

— Je pourrai le lire avant de le lui donner ?

— Bien sûr, mais je ne suis pas certain qu'il vous plaise.

— Je vous dirai.

— Vous n'êtes pas obligée. Je crois que j'ai un peu la pression à l'idée que vous me lisiez. Vous savez, j'ai bien conscience de ne pas écrire du Faulkner et je comprends parfaitement que…

— Alors je vous dirai uniquement si j'aime, le coupa Elsa, attendrie par cette amorce de plaidoyer.

— On fait comme ça !

La voix du docteur Chaumet les interrompit, Elsa rassembla ses affaires.

— Au fait, je vais à Bordeaux cet après-midi, dit-elle avant de quitter la salle d'attente. Vous voulez que je vous ramène ?

27

Elsa

Hier soir, j'ai autorisé mon fils à dormir chez son copain Jean-Pierre, malgré son prénom. Je connais à peine ses parents, je les ai croisés à une réunion au collège, mais j'ai bien conscience que je ne peux pas emballer mon enfant dans du papier bulle. À la rentrée, il commence un apprentissage pour devenir cuisinier, tous ses copains partent au lycée, il faut qu'il continue à les voir, et que je me fasse un peu violence.

À une heure du matin, j'ai été réveillée par le téléphone. Je m'étais endormie sur le canapé, la télécommande incrustée dans la joue. La mère de Jean-Pierre m'a demandé de venir rapidement, la voix fébrile, Tristan était malade.

J'ai eu le temps de tout imaginer sur le trajet. Tout, sauf ce que j'ai trouvé.

Mon bébé d'un mètre soixante-quinze était incapable d'aligner trois mots et avait retapissé la chambre de vomi. Son copain n'était pas en reste, je n'ai rien pu distinguer qui ressemblait à une phrase. On aurait dit un élan en train de bramer. Il y avait une bouteille de whisky à moitié vide sur la table de chevet.

J'ai ramené l'enfant bourré à la maison, j'ai posé une bassine à côté de son lit et j'ai tiré un fauteuil dans sa chambre pour rester avec lui. Il s'est réveillé avec la gueule de bois et une haleine à dégivrer des frigos.

Je lui ai demandé pourquoi il avait fait ça.

— Pas maintenant, maman, j'ai mal à la tête.

— Crois-moi, je vais tellement te faire la morale que tu vas avoir mal à la tête pendant dix jours.

— Putain, t'es reloue.

Il a disparu sous sa couette, je l'ai retirée.

— Alors déjà, tu ne me parles pas comme ça, je suis ta mère, pas ta copine, j'ai dit, en entendant ma mère me tenir les mêmes propos au même âge. Tu te rends compte que ça aurait pu être grave ?

— Maman, s'il te plaît…

— Non, tu m'écoutes. Je te préviens des dangers de l'alcool depuis longtemps. Je sais que je ne t'empêcherai pas de boire, c'est inévitable, mais tu dois comprendre que se mettre minable comme tu l'as fait est très dangereux. Tu aurais pu faire un coma éthylique, voire y rester !

J'étais furax. Plus que nécessaire. Je ponctuais mes phrases de grands gestes et je parlais de plus en plus fort.

— C'est de l'inconscience, Tristan ! Tu es puni, interdiction de sortir le soir ou d'aller dormir chez un copain jusqu'à nouvel ordre !

Il s'est redressé dans son lit, les larmes aux yeux :

— Tu crois que t'es la seule à être triste ?

Ces mots ont fait vaciller ma colère.

Je l'ai pris dans mes bras et on a pleuré tous les deux.

...

J'ai très peur de l'alcool, docteur. Je connais son pouvoir. Certains soirs, je ressens le besoin de me servir un verre. J'essaie de me raisonner, de penser à autre chose, mais, une fois que l'envie s'est plantée dans mon cerveau, la seule manière de la déloger est de l'assouvir. J'ai peur parce que j'aime la sensation du liquide qui coule dans ma gorge, qui réchauffe mon corps, qui détend mes muscles. J'ai peur parce que c'est trop souvent une solution, la réponse simple à une angoisse, à une appréhension, à ma tristesse. J'ai peur parce que je connais les dégâts de l'alcool.

Mon père a commencé à boire à l'adolescence. Le sien était violent et alcoolique, ça n'a pas aidé. La violence, mon père a su la tenir loin de nous, il était même incapable de tuer un moustique. Mais l'alcool a eu des racines plus tenaces. Il s'est calmé sur sa consommation quand il a rencontré ma mère, il est même devenu sobre à la naissance de mon petit frère. Pendant toute la durée de leur mariage, il ne buvait jamais la semaine. C'était son activité du week-end, comme un sport dont il ne loupait aucun entraînement. Je n'ai jamais remarqué quoi que ce soit. Ma mère protégeait notre innocence.

C'est à leur divorce que j'ai compris. Un week-end sur deux et la moitié des vacances, on a cohabité avec son addiction. Il n'y avait pas de bouteille sur la table ni dans le buffet, je ne le voyais avaler que de l'eau et du café. Le vin, une piquette premier prix, était dans sa boîte à outils, dans la panière à linge, dans le placard des toilettes, dilué dans la tasse. Il finissait bourré à quatorze heures, la tête qui pendait sur son torse, et tous les projets de la journée tombaient à l'eau.

Parfois, il nous emmenait dans un bar, toujours le même, un repaire de poivrots. On y passait une partie de la journée, à manger les cacahuètes du distributeur, à jouer avec d'autres gamins qui n'avaient rien à faire là et à espérer que notre père n'en boirait pas un de plus. D'autres soirs, le vendredi en général, ses potes de beuverie se pointaient chez nous.

J'entends encore le tintement des bouteilles dans les sacs plastique et leurs rires gras.

Plus d'une fois, je l'ai ramassé par terre. Le lendemain, il avait tout oublié.

Je ne lui en voulais pas. Je tenais ma mère pour seule responsable, persuadée que son départ était la cause de cette situation. Quand je suis entrée en quatrième, un an et demi après leur séparation, mon père était au chômage et buvait tous les jours. Il m'a dit qu'il ne supportait pas la solitude. Alors j'ai passé un pacte avec lui : il arrêtait de boire, et je venais vivre chez lui la moitié du temps.

Je suis la seule à avoir respecté ma part du contrat.

J'ai tenu ce rythme pendant deux ans, jusqu'à la fin du collège. J'ai passé deux ans à aller mal, non pas une semaine sur deux, mais deux semaines sur deux. La première, parce que j'étais chez lui, confrontée à son mal-être, à ses bouteilles cachées, à ses comas éthyliques, à ma peur ; la seconde, parce que si je souffrais de le savoir seul, je redoutais pourtant chaque jour qui me rapprochait de ma semaine chez lui.

Les mois puis les années passant, je ne supportais plus son rire triste, son regard éteint, ses mots désarticulés, comme s'il avait une patate chaude dans la bouche. J'avais envie de l'insulter quand il titubait dans le couloir, que ses épaules se cognaient contre les murs, quand il ne trouvait pas l'interrupteur, quand il pissait à côté de la cuvette. J'aurais pu le buter quand il essayait d'allumer sa clope pendant dix minutes alors qu'il tenait la flamme à vingt centimètres de la cigarette.

Il y a quelques mois seulement, et pour la première fois depuis que je suis adulte, nous en avons parlé ensemble. Il m'a avoué que l'addiction était si forte à cette période qu'il avait hâte qu'on reparte pour boire sans avoir à se cacher.

Il avait cinquante-huit ans quand il a réussi à s'en défaire. J'ai d'abord pensé à une énième tentative, je me suis efforcée de ne pas trop y croire. On ne s'habitue pas à être déçu par son père, chaque échec est une entaille. Cette fois-ci a été la bonne.

L'alcool lui a tout pris. Sa femme, ses enfants, son travail, la majeure partie de sa vie et de sa dignité. Surtout, il nous a volé plein de bons souvenirs.

…

C'est peut-être cela que j'aurais dû dire à mon fils, au lieu d'essayer de crier plus fort que ma détresse.

28

Vincent

Je viens de passer deux jours à Paris pour découvrir mon livre. Ça y est, il est imprimé, c'est toujours hyper émouvant de le tenir entre mes mains.

La plus émue reste Mathilde, elle m'a accueillie dans son bureau les larmes aux yeux.

Comme toujours, j'ai signé les deux premiers exemplaires pour mes filles. Elles sont trop petites pour les lire, mais, si un jour elles veulent connaître l'homme derrière leur papa, elles le rencontreront dans ces pages. Je me dis souvent que c'est aussi un héritage pour elles.

Ensuite, je suis passé aux journalistes. Il est de bon ton de leur envoyer le roman avant parution avec un petit mot personnalisé. J'essaie chaque fois d'être drôle ou pertinent, de montrer que je ne m'en fous pas, j'espère leur donner envie de l'ouvrir parmi la quantité astronomique de bouquins qu'ils reçoivent.

C'est un exercice qui ne me met pas à l'aise, j'ai l'impression de rédiger une lettre de motivation.

J'en ai signé trois cents, ça m'a pris la journée, la tête et ravivé ma tendinite au poignet.

J'aurais bien passé la soirée posé dans ma chambre d'hôtel, avec un pad thaï et une série anglaise, mais mon pote Jamel n'était pas de cet avis. Il adore Paris, je l'y emmène aussi souvent que possible. Il avait très envie de sortir.

Moi aussi, j'aime les grandes villes, le bruit, le monde, la nervosité, l'effervescence, les appartements empilés, les klaxons, les boutiques pour tout, les lumières, le mouvement incessant. J'ai plusieurs fois envisagé de m'installer à Paris, mais ça m'obligerait à prendre Lou et Joséphine moins souvent. Je préfère revoir mes envies à la baisse que mes filles. On s'est fait un resto, puis un bar. On n'a pas lésiné sur le vin. Là, une brune est venue me saluer, je savais que je l'avais déjà vue, j'avais même un a priori positif, mais impossible de me rappeler où. Je l'ai laissée parler en cherchant des indices dans ses mots, et puis ça m'est revenu. Des mois plus tôt, Foire du livre de Brive, sur la piste du Cardinal. La tradition veut qu'après le dîner, auteurs, éditeurs et libraires se retrouvent dans la boîte de nuit du coin. J'ai jamais été branché boîte, chaque année il faut m'y traîner, et chaque année j'y passe un bon moment.

Elle s'appelle Lucie. Chargée des relations libraires dans une maison d'édition qui publie un de mes copains. On s'était retrouvés autour de la même table, on avait parlé fort pour couvrir la musique, je l'avais trouvée drôle et intéressante. On avait prolongé la nuit sur les fauteuils du hall de l'hôtel, on était quatre, on s'était marrés, et le réveil avait été douloureux. J'étais content de la revoir. C'était tout de même improbable dans une ville qui brasse autant d'anonymes. J'y ai perçu un signe, une sorte de coïncidence touchante. Elle était avec deux amies, on a fait les présentations, puis on est partis tous ensemble en quête d'un resto ouvert. Elles n'avaient pas dîné. Avec Jamel, on a fait comme si ça nous allait très bien, alors qu'on avait déjà mangé pour dix. J'ai fini la nuit chez Lucie. J'en avais envie, vraiment envie, on s'était bouffés des yeux toute la fin de soirée, et, quand on a ajouté le reste du corps, les promesses ont été tenues. Je me suis réveillé avant elle, je l'ai longtemps regardée. J'attendais ce truc qui ne vient jamais. Une envie, un émoi, un trouble, une sensation, le cœur qui tape fort, le ventre qui se tord, mais rien.

…

Jamais rien.

29

Vincent quitta l'immeuble et chercha Elsa des yeux. Un coup de klaxon lui indiqua la voiture, stationnée le long du trottoir.

— Vous en avez mis du temps, le railla-t-elle.

— Je sens que le trajet va être agréable.

Elsa attendit que Vincent ait attaché sa ceinture puis démarra :

— Vous trouvez toujours quelque chose à lui raconter ?

— À qui ?

— À votre mère, quelle question. Au psy, bien sûr !

— Ma mère est morte, répondit Vincent.

— Oh, je suis désolée ! Vraiment, je ne voulais pas…

— Non, je déconne.

— C'est pas drôle.

— Vous avez raison.

— Mon père est mort.
— C'est pas drôle non plus.
— Mon père est vraiment mort.

Vincent se sentit bête.

— J'ai un humour de merde, dit-il.
— Je me débrouille bien aussi.
— Je suis désolé pour votre père.
— Merci.
— Je suis surtout désolé pour vous, Elsa.

Le silence s'invita dans l'habitacle. Elsa enclencha les essuie-glaces, mais la pluie n'était pas à l'extérieur. Elle essaya de penser à autre chose, elle était devenue experte dans l'art du détournement de pensée, son cerveau était parsemé d'itinéraires bis, d'issues de secours, d'échappatoires. Le livre. C'était un bon sujet, ça, le livre.

— Vous avez hâte que votre livre sorte ?

— Je sais pas. J'aime l'attente, ces périodes où tout est possible. Ça a toujours été. Petit, je comptais les jours jusqu'à Noël, mais, contrairement à mes camarades de classe, j'avais envie que l'attente dure. Mon moment préféré était la première case du calendrier de l'avent. Après, ça passe, et c'est la gueule de bois.

— C'est drôle. Je déteste attendre. Moi, je comptais les jours jusqu'à Noël, et, quand c'était passé, je comptais les jours jusqu'au Noël d'après.

— J'aime bien l'excitation que procure l'attente. Attention, je vais parler comme un vieux con, mais je suis nostalgique de l'époque où on attendait des semaines le nouvel épisode d'une série, où on guettait le facteur dans l'espoir d'une lettre, où il fallait chercher pendant des jours pour trouver la parfaite paire de baskets. Aujourd'hui, on a tout, tout de suite. Je reconnais plein de qualités à notre époque, je crois que les réseaux sociaux n'ont pas que des défauts, mais cette immédiateté nous rend intolérants à la frustration, et ça me fait flipper.

— Ne vous en faites pas, je suis une vieille conne aussi. J'essaie de rester à la page, mais il paraît que même cette expression est dépassée. Mon fils n'arrête pas de me dire que je suis gênante. Le petit ingrat.

— M'en parlez pas. Ma grande, qui va rentrer au collège, commence à me faire des remarques sur mes tenues. Moi qui croyais être encore dans le coup – expression de boomer aussi –, ça me remet à ma place.

— J'ai dû chercher boomer sur Google la première fois que mon fils m'a appelée comme ça.

— On était aussi durs avec nos parents ? interrogea Vincent.

— Je demandais à ma mère de me déposer à deux rues du collège parce que j'avais honte de la couleur flashy de sa voiture.

— Il se peut que j'aie marché loin derrière mes parents une ou deux fois. Faut dire qu'ils se tenaient la main. La honte.

— On n'a que ce qu'on mérite, asséna Elsa en riant.

— Absolument.

La voiture s'engagea sur l'autoroute. La circulation était dense, l'été touchait à sa fin, les vacanciers regagnaient leur quotidien. Vincent entrouvrit la vitre.

— Vous allez faire quoi à Bordeaux ? Si c'est pas indiscret.

— Je vais rejoindre mon fils, on va acheter ses tenues et son matériel, il commence un CAP de cuisinier la semaine prochaine. Il est chez son père, mais il préfère faire ça avec moi.

Vincent se souvint de la conversation entre Elsa et le père de Tristan dont il avait été témoin. Il fut surpris de les savoir séparés, leur échange ressemblait à celui d'un couple encore formé.

— Il va vous faire de bons petits plats.

— J'espère bien. Pour l'instant, il s'entraîne. La dernière fois, il m'a préparé une purée de pommes de terre. C'était super pratique : on pouvait faire des empreintes dentaires avec.

— Quelqu'un lui a dit qu'il fallait les éplucher ? s'enquit Vincent.

— C'est un détail. Si seulement il les avait fait cuire…

Les deux partirent d'un fou-rire qui dura de longues minutes. La honte que ressentait Elsa de blaguer aux dépens de son fils décuplait son hilarité.

Vincent prit le relais :

— Pour la fête des pères, Joséphine, ma fille de sept ans, m'a fabriqué un animal en argile à l'école. La maîtresse a laissé aux enfants le choix de l'animal.

Il attendit que la voiture soit immobilisée à un feu rouge pour montrer sur son téléphone la photo de l'œuvre d'art :

— Tadaaam !

— Mon Dieu. C'est ce que je crois ?

— J'y ai cru aussi. Mais c'est un éléphant.

— Mais enfin, il n'y a que la trompe ! s'esclaffa Elsa.

— Je sais. Il est exposé dans mon salon.

Le fou rire redoubla.

Elsa s'interrompit soudainement. Elle n'avait pas ri comme ça depuis son père. La culpabilité l'accompagna jusqu'à destination.

Elle déposa Vincent au pied de son immeuble.

— Vous êtes dispo vendredi soir ? lui demanda-t-il avant de sortir.

Elsa sourit tout en serrant le volant entre ses mains. Elle redoutait ce qui pouvait suivre.

— Je crois, pourquoi ?

— Ma maison d'édition organise une soirée pour fêter la sortie de mon nouveau roman. L'intrigue se déroule à Bordeaux, c'était l'occasion. Ça vous dirait de venir, avec votre amie qui a bon goût ?

30

Elsa n'entendit pas son réveil. Elle avait toujours joui d'un sommeil solide. Enfant, c'était son père qui était chargé de l'arracher à la nuit, sa mère ayant renoncé. Tous les matins, c'était le même rituel :

Premier passage, chuchoté : « Zaza debout, c'est l'heure de se lever. »

Deuxième passage, en ouvrant les volets, à voix haute : « Zaza, le petit-déjeuner est prêt. »

Troisième passage, en tirant la couette, à voix forte : « Allez Elsa, tu vas être en retard, lève-toi ! C'est chiant, à la fin, tous les matins c'est pareil. »

Elle avait grandi ainsi, vivant chaque réveil imposé comme un déchirement. Depuis le décès de son père, un palier avait été franchi. Son lit était devenu une forteresse, le sommeil son refuge. Elle avait investi dans un surmatelas douillet, des draps en lyocell, un oreiller moelleux et une couette épaisse. Elle n'aimait rien tant que s'y glisser, en compagnie d'un livre et de boules quiès, et s'abandonner à l'étreinte du sommeil. Là seulement, les souvenirs la laissaient en paix. Ses nuits étaient devenues plus longues que ses jours, et ce rythme lui convenait bien. Mais la reprise du travail était proche.

Elsa n'entendit donc pas son réveil, et se leva comme une fleur, une fleur baveuse, à onze heures pétantes. Sur son téléphone étaient affichés deux SMS, l'un de sa mère, l'autre de Sonia, les dix-sept notifications du réveil manqué et le rappel du rendez-vous chez le docteur Chaumet. À onze heures pétantes.

Vincent, quant à lui, entretenait un autre type de relation au sommeil : ses nuits étaient le théâtre de ses idées noires, s'y croisaient regrets, remords et mélancolie. Il en avait peur et le fuyait tant et si bien qu'à l'issue d'une énième nuit blanche il l'avait finalement perdu. Voilà des années qu'il ne parvenait plus à s'endormir paisiblement, qu'il grappillait quelques heures de sommeil par-ci par-là, et que, malgré tous ses efforts pour le retrouver, la fatigue s'inscrivait inlassablement dans son corps. Sur les conseils de Jamel, il avait testé les comprimés de valériane et les tisanes à la camomille, qui n'avaient pour seul effet que de tenir éveillée sa vessie. Sur les conseils de Fabrice, il avait testé les somnifères, qui l'avaient englué dans son lit pendant deux jours. Le docteur Chaumet avait fini par lui prescrire des antidépresseurs, qu'il prenait depuis une semaine sans ressentir le moindre changement sur son humeur. Le psychiatre l'avait prévenu, trois semaines étaient nécessaires pour commencer à en observer. Il avait en revanche noté un symptôme pour le moins gênant, et la notice trouvée dans la boîte de comprimés avait confirmé le lien : il pétait. Tout le temps. Partout. Il fallait qu'il dégaze, c'était plus fort que lui. Certains jours, les flatulences étaient si rapprochées qu'il lui vint à l'esprit que son cul lui parlait en morse.

C'est dans cet état qu'il prit le train à destination de son rendez-vous hebdomadaire.

La salle d'attente était vide lorsque Vincent s'installa. Cette configuration n'était encore jamais arrivée, et il s'interrogea sur l'absence d'Elsa.

Elle arriva essoufflée au pied de l'immeuble, gravit les étages, et poussa la porte au moment où le docteur Chaumet libérait son précédent patient.

Vincent la vit seulement passer devant la salle d'attente et l'entendit saluer le psychiatre, puis la porte se referma, et il péta.

31

Elsa

Combien de temps ça va durer ? Combien de temps vais-je considérer chaque journée comme un obstacle à franchir ?

J'ai dit que j'étais d'accord pour accueillir toutes les émotions, pour ne plus éviter le chagrin, je lui ai ouvert la porte et voilà qu'il ne me lâche plus. Je peux presque le voir, c'est une masse sombre, informe, qui s'agrippe à mes chevilles, qui écrase ma poitrine, qui enfonce ses griffes dans ma chair, elle me suit partout, se faufile sous les portes, traverse les murs, parfois je crois l'avoir semée, mais elle est là, tapie dans un coin, prête à déployer ses longs bras pour me broyer.

…

Je dois vous faire une confidence, docteur. Quand j'étais petite, je me regardais pleurer dans le miroir. J'observais avec intérêt mon visage déformé, j'allais chercher les larmes partout où je pouvais –

mon bracelet turquoise perdu sur le chemin de l'école, la note de Sabrina meilleure que la mienne, la dame de la cantine m'obligeant à finir mes épinards. Les scénarios que j'élaborais entre Barbie et Ken étaient truffés de trahisons et de souffrance. Je crois que j'associais à la douleur un aspect romantique.

Au lycée, j'allais me coucher tôt en affirmant que j'allais lire. En réalité, je fermais les yeux et je me faisais des films. Celui qui a duré le plus longtemps concernait Loïc, dont je suis restée amoureuse anonyme pendant deux ans. Dans le petit théâtre de ma chambre, j'étais victime d'un accident qui me laissait entre la vie et la mort. Les médecins étaient pessimistes, il y avait peu de chances que je survive. Loïc, qui ne m'avait jusque-là jamais regardée, accourait à mon chevet. La perspective de me perdre avait fait sauter ses œillères et lui avait révélé la vérité : il était transi d'amour pour moi. Il inondait mon lit de larmes, implorait le ciel, négociait sa vie contre la mienne, il me déclamait des promesses d'éternité, le tout sous le regard ému de tous les élèves du collège, dont j'étais tout à coup devenue le projet, la raison d'être. Selon mon humeur, la fin variait. Parfois, au terme de jours de combat acharné, mon corps finissait par capituler, l'électrocardiogramme devenait plat, Loïc assistait, impuissant, aux tentatives de réanimation, mais le médecin finissait par déclarer l'heure de mon décès. Écran noir, ellipse, on retrouvait Loïc trente ans plus tard, il ne s'en était jamais remis, passait ses journées sur ma tombe, et, un soir de pluie violente, il avait *éteint le feu derrière la façade de ses yeux*, comme dans la chanson « C'était l'hiver » de Cabrel, dont les paroles étaient justement, comme par hasard, épinglées au mur de ma chambre. Mais, le plus souvent, j'ouvrais un œil, puis l'autre, parfaitement maquillés, il va sans dire, je souriais, j'avais recouvré mes esprits et tout entendu, les élèves applaudissaient, et Loïc m'embrassait à travers ses larmes en me jurant de m'aimer jusqu'à son dernier souffle.

Mais cette fois, c'est pour de vrai. La douleur n'a rien de romantique. Je voudrais retrouver ma légèreté, disperser le brouillard qui m'encercle. Je voudrais ne plus m'endormir en voyant son visage, ne plus me réveiller en entendant sa voix.

...

J'ai écouté un podcast sur le deuil, un de vos confrères en décrivait les étapes inévitables, je sais qu'il faut du temps. J'ai même appris qu'il y avait souvent une rechute autour du dixième mois, au moment où on croit s'en être sorti. Je n'en suis pas là. Pour l'heure, j'ai le sentiment que c'est chaque jour un peu plus douloureux, comme si l'espoir que ce ne soit qu'un cauchemar disparaissait peu à peu, ne me laissant aucune autre issue que la réalité. Il n'y a finalement pas grand-chose de définitif dans la vie. La mort l'est. Il me faut du temps pour accepter qu'il ne reviendra pas, l'accepter pleinement, de tout mon corps. Il me faut du temps pour comprendre que cet enfant sur les photos en noir et blanc, que ce fils turbulent, que cet élève fier de corriger les dictées de ses camarades, que ce petit frère câlin, que ce jeune homme qui faisait vrombir sa mobylette sous les fenêtres de ma mère, que ce père qui me berçait, qui m'appelait tout le temps, que cet homme qui chevauchait son vélo pour aller travailler, que ce client qui faisait une blague chaque fois qu'il achetait une demi-baguette, que ce voisin qui promenait son chien trois fois par jour, qu'il pleuve ou qu'il tempête, que ce grand-père qui faisait des chatouilles comme personne n'existe plus.

…

Hier soir, il est arrivé quelque chose de très étrange. J'étais au téléphone avec ma mère, on parlait de lui. Elle aussi est très affectée, plus qu'elle ne l'aurait pensé. Tout à coup, je n'entends plus rien, je comprends que la joue de ma mère a encore fait des siennes, elle a la fâcheuse tendance d'appuyer sur la touche silence ou de mettre les appels en attente. Quand elle m'a reprise, sa voix tremblait. Elle avait appelé mon père. Sa joue, plus exactement, avait lancé l'appel. Il n'y avait aucune raison rationnelle. Il ne figure pas dans ses numéros favoris et elle ne l'avait pas eu au téléphone depuis des mois. Pourtant, pile au moment où on était en train de parler de lui, son visage est apparu sur son écran.

…

C'est forcément un signe.

…

Je suis prête à croire à tout, plutôt qu'à son absence.

32

Vincent

Ma fille Lou a un amoureux depuis le CP, Simon. Elle parle de leur couple avec un sérieux désopilant, ils ont déjà planifié chaque recoin de leur avenir, ils auront deux enfants, un garçon une fille évidemment, qui auront un an d'écart et qui s'appelleront Eva-Alba et Léo-Ronaldo, car manifestement ils n'ont pas réussi à se mettre d'accord. Le chien sera noir et le chat roux, ils vivront dans une maison avec piscine, mur d'escalade, tyrolienne, trampoline, toboggan avec looping et machine à barbe à papa, il y aura une chambre pour les parents, mais il faudra qu'on se relaie pour ne pas venir passer des vacances tous en même temps. Simon sera testeur de jeux vidéo et Lou « fabriqueuse de churros ». Ils s'offrent des dessins à la Saint-Valentin et s'écrivent pendant les vacances ; ils s'appellent parfois en visio pour ne rien se dire, bref, un vrai petit couple. Le soir de la rentrée, Lou est sortie de l'école dévastée :

— Simon m'a plaquée.

Je n'ai relevé que mentalement le langage employé, j'ignorais que ma fille avait l'âge de connaître cette expression, je me suis demandé quelle serait la prochaine, et, face aux images effrayantes qui me traversaient, j'ai préféré me concentrer sur ses confidences.

Simon est donc arrivé ce matin-là avec la même apparence que les autres jours, mais d'autres projets. Sans en informer la principale intéressée, il avait remplacé Lou par Louise, que tout le monde surnommait Loulou, ce qui lui permettait de doubler la mise.

— Il m'a dit que j'étais moche et qu'il ne m'avait jamais aimée.

Elle pleurait. J'ai été pris d'un désir irrépressible d'aller m'entretenir avec Simon d'une manière qui l'obligerait à se renommer Fimon, mais je me suis ravisé. Ce qui blesse mes filles a tendance à me faire perdre la raison, même si c'est un enfant de dix ans. Mon autre fille, âgée de sept ans, est nettement plus mesurée que moi :

— Il ne te méritait pas. Tu trouveras mieux que lui.

— C'est vrai ! j'ai renchéri en me souvenant de la première fois où Simon était venu passer la journée chez nous.

Lou avait attendu son arrivée avec une excitation touchante, elle riait pour un rien et ne cessait d'enrouler ses cheveux autour de son index, c'est un geste qui l'a toujours apaisée. Elle l'avait emmené dans sa chambre, je gardais une oreille sur eux, et je l'avais entendu se moquer de ses peluches. Ça m'avait brisé le cœur. Depuis toute petite, Lou aime ses peluches comme si elles étaient vivantes. Chacune a sa place sur son lit, et elle a mis sur pied un roulement pour dormir avec elles à tour de rôle.

Au goûter, j'avais sorti des clémentines et des Pépito. Il avait désigné le paquet de biscuits d'un air dégoûté : « Nutriscore E ! Vous voulez me tuer ? »

J'avais préféré garder la réponse pour moi.

— Un de perdu, dix de retrouvés, a poursuivi Joséphine.

— Dix, ça me semble beaucoup. Tu as bien le temps de trouver l'homme de ta vie, j'ai ajouté.

— Mais c'est lui l'homme de ma vie ! a sangloté Lou. Maman a raison, t'y comprends rien à l'amour.

J'ai pris une balle perdue, je n'ai pas su quoi répondre, Joséphine a glissé sa main dans la mienne. On a fait un détour par la boulangerie pour prendre le goûter préféré de Lou : un croissant aux amandes.

— Ça va beaucoup mieux, elle a annoncé quand elle a eu fini de se lécher les doigts.

Le soir, leur mère a appelé pour savoir comment s'était passée la rentrée. À la fin de la conversation, je les ai envoyées se laver les dents et j'ai pris le relais.

— Bonsoir, Anaïs.

— Bonsoir, Vincent.

— Lou a son premier chagrin d'amour.

— J'ai cru comprendre, oui. C'est pour ça que tu voulais me parler ? Je dois coucher Milo, il n'a pas fait la sieste à la crèche.

— On avait dit qu'on ne se dénigrerait pas devant les filles.

— Viens-en au fait, Vincent.

Son ton était exaspéré, le même que l'on emploie avec un démarcheur qui essaie de nous fourguer un abonnement pour la centième fois.

— Tu as dit à Lou que je ne comprenais rien à l'amour.

— Je ne me souviens pas, c'est possible.

— Sympa.

— C'est pas méchant, c'est juste un fait. L'amour est une langue étrangère pour toi. Tu préfères que je mente à nos filles ?

— Je ne suis pas sûr que tu aies vraiment envie qu'on leur dise toute la vérité.

— Et voilà, les menaces. Fais ce que tu veux, elles le sauront un jour de toute manière.

— Joli retournement de situation.

— Bonne soirée, Vincent, j'ai un bébé qui m'attend.

Elle a raccroché.

Elle me tient pour responsable de l'échec de notre couple. Elle a raison, en partie. Une histoire n'est pas lue de la même manière par tout le monde. Elle m'a toujours reproché mon manque d'initiative, ma tendance à me laisser porter. Elle ne supportait plus mes « Comme tu veux », elle rêvait que je vienne l'enlever à la sortie du bureau pour un dîner au coucher de soleil, mais, quand me venait l'idée, la somme des contraintes me faisait renoncer. Le temps de trajet, la météo instable, le champagne chaud, et si elle avait prévu autre chose ? Je suis de la race des suiveurs, par confort, par paresse, et les années passant, par habitude. Je me noie dans un verre d'eau, les collines sont des montagnes, je ne tente même pas l'ascension. Je croyais qu'Anaïs aimait ça, que ça collait bien avec son goût pour les tableaux Excel. J'ai cru qu'on se complétait, que nos qualités et nos lacunes respectives s'assemblaient comme les pièces d'un puzzle. Quand elle m'a quitté, elle m'a dit « Je te rends service, tu n'es pas heureux ». Je ne l'avais jamais autant été, et je me suis demandé à quel endroit ça avait merdé pour qu'il y ait un tel décalage entre mon cœur et mon visage. Je suis un introverti, mon monde intérieur est vaste et peuplé. Je peux rester des heures, immobile, à laisser penser que je ne fous rien alors que je vis intensément. Je m'efforce de sortir de moi pour aller à la rencontre des autres. De ceux que j'aime, en tout cas. Partager mes ressentis n'est pas naturel, mais je m'y emploie.

Je pensais être sur la bonne voie. Le fait qu'elle se barre avec Pascal m'a donné un sérieux indice contraire.

Pascal était la moitié de Pascal-et-Martha, nos voisins. Ils habitaient l'immeuble d'à côté et avaient un fils dans la classe de Lou. À tour de rôle, on récupérait les enfants des autres et on les gardait jusqu'au retour des parents. Parfois, ça débouchait sur un dîner.

Pascal ne peut pas être plus éloigné de moi. Il a retapé son appartement du sol au plafond, carrelage, placo, peinture, plomberie, il pédale quarante bornes tous les dimanches matin, vient de passer sa ceinture marron de karaté, a longtemps joué au rugby en pro D2 et entraîne l'équipe de l'école. Il a rejoint la liste du maire sortant lors des dernières élections, dirige une équipe de vingt personnes dans une entreprise dont je ne comprends pas le projet, tout ça en organisant des vacances idylliques pour sa famille. Le plus étonnant, c'est que ses journées font la même durée que les miennes. Je me demande souvent où s'écoulent les heures perdues, Pascal, lui, se demande plutôt comment faire l'amour et se brosser les dents en même temps.

Je n'ai rien vu venir. Rien. Je ne sais pas si j'étais trop tourné vers moi ou si c'est Anaïs qui a bien caché son jeu. L'annonce et la mise en œuvre ont été simultanées. J'ai appris plus tard qu'ils se voyaient depuis huit mois. Elle m'a promis qu'ils n'avaient pas couché ensemble avant son départ. Je crois que c'est ce qui m'a le plus blessé. Qu'elle me connaisse si peu, finalement, pour penser que son corps m'importait plus que son cœur.

J'ai ressenti de la colère, j'aurais préféré qu'elle soit dirigée contre elle plutôt que contre moi.

Je me suis demandé ce qu'il avait de plus, mais la réponse ne m'a pas plu. Il n'était sans doute pas ce type qui se liquéfiait quand la police le contrôlait alors qu'il n'avait commis aucune infraction. Il n'avait sans doute pas été ce collégien qui se protégeait avec ses mains quand on lui passait le ballon. Il ne disait pas « Comme tu veux » à tout bout de champ. Il n'était sans doute pas du genre à renoncer quand ça impliquait trop d'effort. Il ne se faisait sans doute pas refourguer un article juste parce qu'il n'osait pas contrarier le vendeur. Il n'était sans doute pas réveillé en sursaut et en pleurs par ses rêves.

Ils ont eu un petit garçon. Ils ont déménagé, je ne le croise plus sur son vélo tous les dimanches. J'ai essayé les croissants aux amandes, ça n'a pas marché.

33

Vincent Privat avait reçu pour consigne de se rendre à vingt heures à la librairie qui accueillait la soirée de lancement de son dernier roman. « Ne viens pas plus tôt, avait exigé Mathilde, il ne faut pas que tu sois le premier. » Elle avait eu raison de le mettre en garde, sans quoi il se serait arrangé pour être là avant tout le monde. Il avait toujours préféré être celui vers qui on marche que celui qui marche vers les autres. Entrer sous les applaudissements de la centaine de personnes présentes était un calvaire, heureusement atténué par les deux petites mains glissées dans les siennes.

C'était l'une des raisons qui l'avaient poussé à demander, exceptionnellement, une soirée de lancement à Bordeaux : ses filles pouvaient être présentes. Leur mère viendrait les chercher avant la fin, mais il tenait à leur faire connaître cette énergie si particulière (raison officielle) et à lire la fierté dans leurs yeux (raison officieuse).

Elsa tournait depuis vingt minutes en quête d'une place de stationnement. À chaque fois, la ville lui rappelait les raisons pour lesquelles elle la détestait.

— Dépêche-toi un peu, lui répéta Sonia pour la énième fois. On va tout louper !

— Si tu n'arrêtes pas, c'est le reste de ta vie que tu vas louper.

— Au pire, tu me lâches devant et tu me rejoins une fois que tu as trouvé une place. T'aimes pas ce qu'il écrit, de toute manière.

— C'est une blague ?

— Évidemment. Je regrette de ne pas avoir filmé ta tête.

Elles trouvèrent finalement un petit espace, qui n'était pas tout à fait une place, mais pas tout à fait autre chose non plus, et elles entrèrent dans la librairie bondée au moment où Vincent entamait son discours.

Il redoutait cet exercice. La première année, il avait préparé un texte, et l'avait récité comme un élève une poésie au tableau. Depuis, il improvisait, et n'avait toujours pas déterminé si le résultat était meilleur.

« Je suis très heureux qu'on soit réunis ici ce soir, avec mes proches. »

Un sifflement aigu transperça le tympan d'Elsa. Elle lança un regard noir à son auteur.

Jamel s'excusa.

« Parmi tous mes romans, celui-ci est sans doute le plus intime. Euh… c'est une grande émotion que de vous confier les personnages qui m'accompagnent depuis des mois. Euh… je tiens à remercier mon éditrice, Mathilde, de continuer cette folle aventure avec moi, les équipes de ma nouvelle maison d'édition, qui, en plus de m'accueillir avec beaucoup de chaleur, ont offert un magnifique écrin à mon texte, et, euh… toutes les personnes présentes ce soir. Bon, je ne sais plus trop quoi dire, alors profitons de la soirée, et love sur vous ! »

Tout le monde applaudit, et personne ne remarqua la détresse de Vincent.

Love sur vous.

Il avait vraiment dit « Love sur vous. »

Il ne savait même pas d'où sortait cette phrase, il ne l'avait jamais prononcée ni entendue. Il avisa tous les téléphones braqués sur lui et vit d'ici les nombreuses vidéos qui seraient diffusées sur les réseaux sociaux par les journalistes et les blogueurs présents. William Shakespeare avait dit « Être ou ne pas être, telle est la question » ; Vincent Privat avait dit « Love sur vous ».

— Magnifique discours, le félicita Jean-Paul, le directeur adjoint de la maison d'édition.

Vincent se demanda s'il avait préféré le troisième « euh » ou la conclusion. Son éditrice se pencha à son oreille :

— Love sur toi, Vincent.

— Je suis mort de honte.

— Ne t'en fais pas, tout le monde était concentré sur ta braguette ouverte.

Vincent baissa les yeux, elle éclata de rire.

— Tu es cruelle.

— Je t'aime. Profite de ta soirée.

Ses filles eurent à peine le temps de lui faire un câlin qu'un lecteur vint à sa rencontre, puis un deuxième, et ce fut la cinquantaine de lecteurs invités qui se rangèrent en file indienne afin de se faire dédicacer le livre, régulièrement interrompus par les blogueurs et journalistes qui tenaient à poser quelques questions à l'auteur de la soirée.

Des groupes mouvants s'étaient formés, se diluaient les uns dans les autres, des serveurs s'assuraient que verres et estomacs étaient remplis. Elsa et Sonia avaient trouvé une place sur un fauteuil au milieu des albums jeunesse.

Depuis l'instant où elle avait posé un pied dans la librairie, Elsa n'avait qu'un désir : rentrer chez elle. Lorsque Vincent les avait invitées, elle avait d'abord envisagé de ne pas en toucher mot à Sonia, avant de prendre conscience que ce n'était pas le comportement idéal de l'amie qu'elle avait envie d'être. Elle s'était dit qu'elle en tirerait bénéfice aussi, que faire des infidélités à sa couette était une bonne idée, à force de pensées positives elle était même parvenue à se convaincre qu'elle passerait une agréable soirée, comme elle aimait le faire avant que son monde vacille. Mais elle se sentait agressée par toute cette joie, tous ces rires. Toute cette vie. Elle se sentait si différente des autres. Elle tentait de faire bonne figure, quitte à être là autant ne pas faire la gueule, elle avait plaqué un sourire convaincant sur son visage et résisté à l'envie de s'échapper chaque fois que la porte s'était ouverte.

— Merci, lui souffla Sonia.

— De ?

— De faire si bien semblant pour moi.

— Tu m'étonnes. C'est pas Charlène qui aurait fait ça.

Sonia lui claqua une bise sur la joue :

— Si tu veux qu'on s'en aille, on peut.

— Et louper le moment où tu vas faire ta groupie ? Pas question.

— Je suis fière de toi.

— Arrête immédiatement, mon mascara n'est pas waterproof.

— Vous êtes des amies de Vincent ? Mathilde Carrette, je suis son éditrice.

Elle tendit à Elsa une main manucurée que Sonia s'empressa de serrer :

— Des amies en effet, Sonia et Elsa.

— Je vois ! Il m'a beaucoup parlé de vous.

Vincent lui avait parlé d'elles précisément zéro fois, mais cet arrangement avec la réalité eut pour effet d'exalter Sonia et d'étonner Elsa, sans qu'aucune n'en montrât rien.

— Avez-vous lu son roman ? s'enquit l'éditrice.

— Oh oui ! s'exclama Sonia. C'est un bijou ! Mon préféré.

Elsa eut espoir de s'en tirer à bon compte, mais le regard de Mathilde s'attarda sur elle.

— Je ne l'ai pas encore fini.

— Qu'en pensez-vous, pour l'instant ? insista l'éditrice.

— Je préfère attendre de l'avoir terminé avant de donner mon avis.

Mathilde leva son verre :

— Je n'ai aucun doute, vous l'adorerez.

Sonia attendit qu'elles soient de nouveau seules :

— T'es une hypocrite.

— Je ne pouvais décemment pas lui dire ce que j'en pensais vraiment.

— En effet. Mais si lui te demande, je t'en supplie : mens.

Elsa n'avait pas détesté le roman. Pas aimé non plus. Elle s'était surprise plusieurs fois à sourire, d'autres à soupirer. Elle l'avait lu jusqu'au bout, avait apprécié quelques trouvailles littéraires, la fin plutôt surprenante, mais l'ensemble n'avait pas provoqué un désir irrépressible de poursuivre sa découverte des œuvres de l'auteur. Finalement, elle avait ouvert ce livre en s'attendant à pire, et l'avait refermé en sachant qu'elle n'en conserverait pas un souvenir impérissable.

Joséphine vint piocher un livre sur l'étagère près d'elles.

— C'est relou, fit Lou en la rejoignant. On peut même pas voir Papa.

— C'est vrai, répondit la petite. Mais c'est pas grave, j'aime bien quand il est comme ça.

— Quand il est comment ?

— Il arrête pas de rigoler.

Elsa et Sonia échangèrent un regard attendri.

— C'est pas à cause de la soirée, rétorqua Lou.

— Ah bon ?

— Ben non, c'est grâce à ses médicaments.

— Quoi ? s'écria Joséphine. Papa est malade ?

— Mais non, t'es débile ! répondit la grande en levant les yeux au ciel. C'est des médicaments pour être heureux, je l'ai entendu en parler au téléphone l'autre jour.

Joséphine eut l'air triste tout à coup.

— Mais alors, ça veut dire qu'il arrive pas à être heureux tout seul ?

— T'inquiète pas, ça avait l'air de le faire rire. Surtout quand il a dit que les médicaments le faisaient péter.

Elsa et Sonia eurent du mal à se contenir. Les deux petites remarquèrent les oreilles indiscrètes et s'enfuirent en riant.

La file d'attente avait diminué, la librairie s'était dépeuplée, la mère de Lou et Joséphine était venue les chercher, leur faisant signe à travers la vitrine pour ne pas avoir à entrer. Elsa ressentit le besoin de prendre l'air. Elle laissa Sonia, en grande conversation avec Mathilde, et sortit.

Les nuits avaient commencé à se rafraîchir, elle avala une grande goulée d'air et fit quelques pas sur le trottoir. Une porte s'ouvrit sur le côté du bâtiment, et Vincent apparut.

— J'avais besoin d'être un peu seul, dit-il en avisant Elsa.

— Moi aussi. Loupé.

— Vous avez une cigarette ?

— Je ne fume pas.

— Moi rarement. J'ai même pas eu le temps de venir vous saluer. C'est sympa d'être venue. Vous ne vous ennuyez pas trop ?

— Absolument pas, répondit Elsa. J'en ai profité pour lire l'intégrale de *Oui-Oui*.

Vincent hocha la tête :

— La scène où il offre un cadeau à Potiron est sans conteste le plus beau texte de la littérature.

— Je comprends votre point de vue, mais je confesse une préférence pour Tchoupi.

— Ah Tchoupi ! Il ne fait aucun doute qu'il entrera un jour à l'Académie française. Allez, je dois y retourner.

— Vous dites ça comme si vous partiez à la mine.

Il rit :

— Non, je me rends bien compte de ma chance. Mais j'ai toujours détesté avoir l'attention sur moi. Il paraît que, petit, je me cachais sous la table quand mon gâteau d'anniversaire arrivait.

— Je vous comprends tellement ! À l'école, je préférais avoir une mauvaise note plutôt que prendre la parole en public.

— J'aurais jamais pensé ça de vous, dit Vincent.

— J'aurais jamais pensé ça de vous non plus. Vous avez l'air à l'aise.

Il sourit, mais elle ne le vit pas. Ils s'étaient parlé comme se parlent deux ados, en regardant ailleurs, les pieds jouant contre le trottoir, les mains balayant l'air. À l'instant où il se déplaça pour regagner la librairie, leurs regards s'accrochèrent. Il trouva celui d'Elsa immensément triste. Elle trouva celui de Vincent immensément triste.

Il mit sur le compte du trac de retourner à la soirée l'accélération sensible de son rythme cardiaque.

34

— La soirée s'est bien terminée ? demanda Elsa quand Vincent entra dans la salle d'attente.

Sonia avait fini par obtenir un moment privilégié avec son auteur favori, autour d'un verre, en compagnie de ses amis et de ses parents. Elle avait tenté de paraître naturelle, mais, toute la soirée, elle n'avait cessé de demander à Elsa de la pincer. Cette dernière, en bonne amie, s'était exécutée à chaque fois avec un empressement qui frisait le zèle. Vincent leur avait proposé de poursuivre la soirée avec eux dans un restaurant qui servait jusqu'à deux heures, mais Sonia avait compris dans le regard d'Elsa que c'était la limite à ne pas franchir.

— On a fini au kebab, répondit Vincent. Tenez, j'ai un petit cadeau pour vous.

Il lui tendit une enveloppe matelassée, blanche, anonyme, elle devina un livre sous ses doigts.

— Il est dédicacé par le personnage principal, précisa Vincent.

C'était une édition vintage, elle reconnaissait la tranche rose des livres de son enfance. Elsa ouvrit *Oui-Oui fait les courses* et lut la dédicace à voix haute :

« Chère Elsa, j'ai ouï-ouï dire que vous étiez l'une de mes plus ferventes lectrices. Je vous en remercie, et je me garderai bien de le répéter à mon ami Tchoupi, qui pourrait en prendre ombrage. Je vous souhaite de toujours préserver votre âme d'enfant.

Votre dévoué, Oui-Oui »

Vincent la dévisageait en s'attendant à la voir rire, pourtant, quand elle releva la tête, il fut frappé par son visage fermé.

Le docteur Chaumet appela Elsa, elle ramassa ses affaires à la hâte, remercia Vincent du bout des lèvres et quitta la salle d'attente. Quelques secondes plus tard, à travers le mur, il l'entendit pleurer.

35

Elsa

Merci, docteur. Je vous rachèterai des kleenex.

J'ai repris le travail lundi. Jusqu'à la dernière minute, j'ai failli ne pas y aller, mais vous aviez raison, ça m'a fait beaucoup de bien. Les autres morts m'ont détournée du mien.

Vous savez, depuis que je fais ce métier, j'ai rencontré des centaines de défunts et des milliers de chagrins. Avec le temps, je pensais que ça me ferait l'effet d'une préparation. Un peu comme les gens que l'on met au contact de l'allergène pour qu'ils s'y habituent et se désensibilisent.

Je pensais qu'être aux premières loges de la vérité, qu'avoir quotidiennement la preuve que nul n'échappe à la perte d'êtres chers, qu'on y passe tous, rendrait la chose plus acceptable. Je me disais ça, du haut de mon ignorance.

…

Quelle bêtise.

La mort arrive à tout le monde, ça ne la rend pas moins scandaleuse.

Mon père n'était pas vieux. Pour mon fils, il l'était sans doute, je me revois au même âge penser que ma mère de quarante ans était vieille, mais il ne l'était pas assez pour mourir. Il y a un âge où on ne dit plus « Il était trop jeune ». Mon père n'y était pas encore. Mais les dégâts infligés par l'AVC lui prédisaient une vie qu'il n'aurait pas voulue. D'aussi loin que je me souvienne, il m'a toujours dit « Si un jour je deviens un légume, si je perds la boule, tu me piques ». Il disait ce terme. Piquer.

Il avait la phobie de finir comme sa mère, de parler à une chaise, de ne plus reconnaître ses proches, de fixer le mur des journées durant, de se perdre dans les couloirs, de s'enfermer dans sa tête, de déambuler sans but. On nous a prévenus de ce qui l'attendait, s'il survivait. Ne plus marcher, ne plus conduire, ne plus se laver seul, ne plus boire liquide, que de la gelée, ne plus trouver les mots. Ne plus faire ce qu'on a envie de faire, simplement, sans assistance, sans organisation, sans limites. Son existence serait devenue une longue liste de ce qu'il avait perdu. Et moi, je n'aurais pas tenu ma promesse, faite un jour où ce n'était qu'une phrase. « Oui, Papa, je te piquerai. »

Quelques jours après son AVC, j'ai cru lire la supplication dans son regard. J'ai dit au médecin qu'il n'aurait pas voulu d'acharnement. Il m'a demandé s'il l'avait écrit quelque part, s'il avait rédigé des directives anticipées. Ce n'était pas le cas. Même en travaillant dans ce milieu, je n'avais pas pensé à formaliser quoi que ce soit. Comme si mon métier ne le concernait pas. Nos proches ne sont jamais concernés par la mort. Le regard du médecin m'a soupçonnée d'être celle qui voulait en finir, j'ai eu le sentiment atroce de vouloir abréger la vie de mon père, alors que c'était tout le contraire. Même dépendant, même diminué, j'aurais voulu ne jamais avoir à me passer de lui. En sortant, sur le parking de l'hôpital, mon frère s'est effondré. Je l'ai pris dans mes bras.

— J'ai prié, Elsa. J'ai prié alors que je crois pas en Dieu.

— Écoute, si Dieu peut nous ramener Papa, je veux bien prier avec toi.

— J'ai pas prié pour qu'il vive, Elsa.

Je me suis mise à pleurer aussi. La nuit tombait. On s'est serrés fort, au milieu du parking désert, deux adultes en proie à un chagrin d'enfant.

Pendant les onze jours qu'a duré son agonie, je me suis accrochée à l'idée que ce serait une libération. Je mettais là tous mes espoirs de consolation.

Ce n'est pas le cas. Rien ne console l'absence de ceux qu'on aime.

…

J'ai repris lundi matin. Une carte posée sur mon bureau, contenant un mot de tous mes collègues, était la seule preuve de ma parenthèse. Ils m'ont accueillie comme si on s'était vus la veille, hormis Christiane, la maîtresse de cérémonie, qui m'a gratifiée d'un câlin entre deux portes, et Pierrot, un porteur, qui a dit l'air de rien, mais assez fort pour que j'entende : « Moi, quand j'ai perdu ma mère, j'étais au boulot une heure après. » Je n'ai pas réagi, il fait partie de ces gens qui n'envisagent pas que l'on puisse fonctionner différemment d'eux, mais Kader, un autre porteur, s'en est chargé : « Les avis, c'est comme les trous du cul, tout le monde en a un, c'est pas pour ça qu'il faut les exposer au grand jour. »

Première heure, premier appel, un défunt à aller chercher à son domicile. Sa fille est arrivée peu après lui. Mon âge, grande, blonde, sonnée. Je l'ai accueillie d'un sourire, on ne dit pas bonjour, ce n'est jamais un bon jour quand on pousse cette porte. Fille unique, parents divorcés, elle était seule à s'occuper des démarches. Elle a dû faire des choix, crémation ou inhumation, cérémonie religieuse ou civile, quel cercueil, quelle tenue, quelle préparation du corps, publication de l'avis de décès ou non, et à chaque fois la même réponse : « Je sais pas. » Elle m'a raconté son père, ce gaillard survivant de trois cancers, finalement emporté par une crise cardiaque, ce boulanger qui, toute sa vie, s'était levé aux aurores sans rechigner, cet homme qu'elle n'avait pas assez vu enfant, qu'elle n'avait réellement découvert qu'une fois adulte, ce jeune retraité qui se rattrapait avec ses enfants à elle. C'est quand elle a parlé d'eux que la digue a cédé.

Après son départ, Christiane est venue me demander si ça ne m'avait pas trop remuée.

— Tu as dû te reconnaître en elle, ma pauvre.

Elle me caressait l'épaule.

J'ai hoché la tête pour ne pas contrarier sa gentillesse.

La réalité, c'est que je n'ai même pas remarqué la similitude entre nos histoires. J'ai énuméré les points habituels, j'ai recueilli ses paroles avec application.

…

C'est bizarre, quand même.

Un rempart s'est dressé entre le monde et moi, je suis devenue insensible à la tristesse, à la douleur des autres, j'ai déjà trop à faire avec la mienne. Mais je m'émeus d'un rayon de soleil qui traverse une goutte de rosée ou de la parole amicale d'une caissière. Tenez, vous savez pourquoi je pleurais en entrant dans votre cabinet ? Parce qu'un type que je connais à peine a pris le temps de chercher un livre, de réfléchir à un message, de l'écrire, juste pour me faire sourire. Et ça m'a bouleversée.

36

Vincent

Je pense que le traitement ne fonctionne pas. En tout cas, pas sur autre chose que mes intestins.

…

Mon éditrice m'a appelée, elle voulait me féliciter. Mon livre est sorti depuis une semaine, il paraît qu'il fait un meilleur démarrage que tous les précédents. Je devrais être au comble de la joie, c'est important. Mathilde criait dans le téléphone, je les entendais tous applaudir derrière, le graphiste, l'assistant d'édition, le responsable marketing, la chargée de communication, c'était la fête, joyeuse et bruyante, ils m'ont demandé si je le fêtais aussi, j'ai dit « bien sûr », et puis on a raccroché et j'ai mangé une pomme. Elle n'était même pas bonne.

Ce record ne me fait ni chaud ni froid. J'avais même oublié que les premiers chiffres devaient tomber. Tous les jours sont les mêmes, l'exacte copie de la veille. Je me laisse porter par les heures, je suis spectateur de ma vie, je marche juste à côté. Ce que je ressens est étouffé, engourdi. Je ne suis pas heureux, dévasté, fou de rage, je suis satisfait, morose, irrité. Je suis un ouais, un tiède, un beige. Aucun événement, aussi important soit-il, ne provoque le moindre élan.

...

Mes filles sont tout pour moi. Depuis leur naissance, c'était au quotidien, les cris, les jouets partout, les bains, les devoirs, les histoires du soir, les réveils câlins, les disputes, les cache-cache, leurs rires, les papaaaaa, les questions sans queue ni tête, couper les ongles, faire les lacets, parler en anglais pour qu'elles ne comprennent pas, s'enfermer aux toilettes plus souvent que nécessaire, les cauchemars, les bisous à la confiture. J'ai rêvé d'une pause plus d'une fois, d'une parenthèse sans elles, d'air, de calme, d'espace de pensée. Et puis, tout à coup, le silence. Le vide. Les voir grandir par intermittence, diviser par deux nos souvenirs. C'est d'une violence inouïe.

J'ai longtemps envisagé les enfants comme un projet lointain, presque un passage obligé, comme si c'était la seule configuration possible. Ça n'a jamais été un désir, les bébés des autres m'indifféraient. Anaïs en rêvait depuis toujours. Elle m'en a parlé très vite après notre rencontre. J'ai embarqué dans ce rêve qui n'était pas le mien, passager consentant, partenaire nonchalant. La plupart des décisions importantes de ma vie ont été prises par les autres. J'ai assisté aux échographies, aux séances de préparation à l'accouchement, j'ai parlé au ventre d'Anaïs ; je le regardais onduler en essayant d'imaginer le petit être à l'intérieur, d'éprouver la même chose qu'elle, cet amour fou qui la transfigurait ; je m'inquiétais, et si je ne l'aimais pas, et si je regrettais ? Et puis Lou est née, et, une fois que je me suis relevé après ce que les sages-femmes ont gentiment appelé un malaise vagal (en réalité je me suis effondré comme une merde), ce rêve est devenu le mien.

Alors oui, je n'exagère rien, mes filles sont tout pour moi. Depuis le divorce, je suis en apnée une semaine sur deux en attendant qu'elles me redonnent de l'air.

Je les retrouve ce vendredi, et, pour la première fois, je ne ressens rien. Vous comprenez, docteur ? Que les ventes de mon nouveau roman m'en touchent une sans faire bouger l'autre, c'est une chose. Mais, si même la présence de mes deux amours ne parvient pas à m'animer, je ne donne pas cher de ma peau.

37

Lorsque Vincent quitta l'immeuble, il aperçut la voiture d'Elsa, à cheval sur le trottoir. Elsa était accroupie à côté.

Il consulta sa montre, qui lui indiqua qu'il restait trente minutes avant l'entrée en gare de son train.

— Je peux vous aider ?

— Ah je veux bien ! J'ai crevé, et je suis incapable de changer une roue.

Vincent aurait dû répondre qu'il en allait de même pour lui, mais, par un accès d'orgueil inopiné, il se convainquit que changer une roue était à sa portée.

— Vous avez une roue de secours ? s'enquit-il comme s'il savait qu'en faire.

Elsa ouvrit le coffre et souleva une planche.

— Elle est là.

Vincent l'observa quelques instants, se demandant par où la saisir pour ne pas se salir. Il s'en empara comme il put, du bout des doigts fermement serrés.

C'était lourd.

Il fit mine de l'inspecter, tâta la gomme, la fit rouler sur le sol, et décréta qu'elle était parfaite.

— Maintenant, il faut enlever la roue crevée, affirma-t-il d'un ton dogmatique.

Il scruta cette dernière en tentant d'en percer le mystère, avisa les boulons et en tira une déduction.

— Il faut dévisser, annonça-t-il.

— J'ai vu une clé dans le coffre, répondit Elsa.

Elle s'en empara et la tendit à Vincent, qui se sentit comme un chirurgien venant de découvrir le scalpel.

Tandis qu'il enchâssait le boulon dans la clé et qu'il tournait de toutes ses forces pour le faire céder – en vain –, Elsa se lança dans un exposé des faits :

— Je pense que c'est à cause du trottoir. Je le prends systématiquement en sortant de chez moi, il est hyper mal foutu, à croire qu'ils ont fait exprès de le mettre pile en face de mon portail. J'étais pressée, je l'ai pris un peu plus vite que d'habitude, j'ai tout de suite senti que quelque chose n'allait pas, la voiture vibrait, ça faisait un drôle de bruit.

Vincent, rubicond, veines apparentes, n'écoutait pas, trop occupé à forcer sur la clé, qu'il avait intérieurement surnommée la putain de clé de merde.

— Il ne faut pas d'abord lever la voiture ? demanda soudain Elsa.

— Pardon ?

— Avec le cric. Je crois qu'il faut la lever, répéta Elsa.

Vincent retira la putain de clé de merde du connard de boulon et se releva.

— Vous n'avez jamais changé de roue, pas vrai ? demanda Elsa.

— Jamais.

— J'ai cru que votre visage allait exploser.

— On n'est pas passé loin, en effet.

— Ne faites jamais de bras de fer.

— Je n'y songe pas.

Elsa rangea le cric dans la voiture

— C'est ma faute. Vous êtes un homme, alors j'en ai bêtement déduit que vous saviez changer une roue.

— Je partage vos torts, je suis un homme, alors je me suis bêtement senti obligé de savoir le faire. Les clichés ont la peau dure.

— Pas aussi dure que les écrous, j'espère.

Un homme s'approcha d'eux, Vincent reconnut le chapeau du buraliste qui n'avait pas voulu qu'il boive son café dehors.

— Y a un blème, Elsa ? s'enquit-il.

— Salut, René, répondit-elle. J'ai crevé…

— Le bonhomme t'enquiquine ?

Elle suivit son regard, qui transperçait Vincent, et éclata de rire :

— Pas du tout, il est venu m'aider !

— Ah, tant mieux. Faut pas me chauffer, tu le sais.

Vincent se sentit le courage de répliquer, mais il se ravisa avant que les mots n'atteignent ses lèvres. Il se contenta de sourire à son nouvel ami.

— Je changerai ta roue quand Bernard prendra son service, annonça René.

— Merci beaucoup ! (Elle regarda sa montre.) Il commence bientôt ?

— À quinze heures. Il est parti faire la sieste avec Bobonne, si tu vois ce que je veux dire.

Elle voyait, à son grand regret.

— Je dois être à Cestas dans une heure, soupira-t-elle.

Vincent intervint :

— Le train pour Bordeaux s'y arrête. Je le prends, il passe dans dix minutes.

— Ben voilà, prenez le train ensemble, les tourtereaux ! lança René, avant de tourner les talons et de regagner son bar-tabac.

— Tu veux le côté fenêtre ? proposa Elsa quand ils furent dans le wagon.

Elle espérait qu'il refuse, elle s'accommodait mieux d'une vue sur l'extérieur.

— Le couloir m'ira très bien, répondit-il en se reculant pour la laisser passer.

Vincent était myope. Il ne portait ses lunettes qu'en cas de nécessité absolue, il aimait le flou artistique, les contours fondus, les lumières voilées, le monde moins net lui paraissait plus doux.

La décision de s'installer côte à côte fut prise sans eux, dans un élan commun non réfléchi, tout comme celle de se tutoyer.

Vincent remarqua pour la première fois la proximité des sièges. Il serra ses jambes vers le côté pour ne pas frôler les cuisses d'Elsa.

— Je ne sais pas repasser une chemise, lâcha-t-elle quand le train fut lancé.

Vincent la regarda sans comprendre.

— Tu ne sais pas changer une roue alors que tu es un homme, expliqua-t-elle. Je ne sais pas repasser une chemise alors que je suis une femme. On brise les clichés.

— Ouais. On est des rebelles.

Il réfléchit quelques instants, puis confia :

— Je ne suis pas courageux. Une fois, un mec m'a dit de lui filer mon portefeuille. Il n'était pas armé, il m'arrivait au nombril, non seulement je lui ai filé mon portefeuille, mais en plus je lui ai donné le code de ma carte sans qu'il me le demande.

— Je ne juge pas, je pense que mon fils ferait pareil. Tu avais quel âge ?

— C'était le mois dernier.

Elsa se mordit les joues.

— Je me suis battu une seule fois, poursuivit-il en percevant l'amusement de sa voisine. Je n'ai pas eu le choix, sinon crois-moi que j'aurais évité cette situation. C'était dans un bar avec une copine, j'avais une vingtaine d'années et un peu trop bu, j'ai marché sur le pied d'un type, il m'a dit « Fais attention où tu mets tes pieds », et je sais pas pourquoi, ça m'a rappelé une réplique culte de Chuck Norris, j'ai répondu « Je mets mes pieds où je veux Little John, et c'est souvent dans la gueule ». De toute évidence on n'avait pas les mêmes références, il m'a bousculé, j'ai dit pardon, il m'a mis une patate, j'ai dit aïe, il m'a mis un coup de boule, j'ai dit bonne nuit.

Elsa rit franchement, Vincent ne put s'empêcher de faire comme elle. Il avait légèrement exagéré le récit pour obtenir ce résultat. Elle décida de lui rendre la pareille.

— Je ne sais pas me maquiller. Je sais à peu près poser du mascara et du rouge à lèvres, et encore, je le choisis le plus discret possible pour qu'on ne voie pas les bavures. À une époque, j'ai regardé des vidéos pour apprendre, je me suis entraînée devant mon miroir. Et puis un jour, je me suis lancée. C'était pour un réveillon du nouvel an, j'ai passé deux heures dans ma salle de bains. J'ai fait un regard charbonneux, des pommettes corail et une bouche nude. J'étais contente du résultat, assez pour oser le garder pour sortir. Quand je suis arrivée à la soirée, j'ai remarqué quelques regards insistants, j'ai cru qu'ils étaient admiratifs, j'étais à ça de crâner. Et puis, Sonia m'a vue, elle m'a demandé qui m'avait fait ça.

— Elle croyait que t'avais pris une maquilleuse ?

— Non. Que j'avais pris une raclée.

Le train entra en gare de Cestas. Elsa eut du mal à se lever tant elle riait. Elle lui dit à la semaine prochaine, il répondit à la semaine prochaine, elle descendit, il prit le côté fenêtre, et se marra jusqu'à Bordeaux.

38

La tempête approchait. La Gironde était placée en vigilance orange, mais Vincent avait tenu à maintenir son rendez-vous chez le docteur Chaumet.

Le vent balayait les premières feuilles mortes et les papiers abandonnés, la pluie cinglait son visage. Il tira sur les cordons de la capuche de son sweat.

Elsa était collée à la fenêtre de la salle d'attente. La cime des pins était ballottée, les arbustes dansaient. Les gouttes d'eau frappaient la vitre dans un concert étonnamment apaisant. Elle vit Vincent remonter la rue à grandes enjambées, le dos courbé, la tête baissée. Elle le suivit du regard jusqu'à ce qu'il sonne à la porte. Alors, elle s'assit et ouvrit son livre.

— Ah, tu es venu quand même ? fit-elle quand il entra.

— Pour rien au monde je ne louperais ma séance hebdomadaire de silence.

La lumière tressauta, puis la salle fut plongée dans la pénombre. Vincent activa l'interrupteur, le plafonnier demeura éteint.

— Merde, fit-il.

— Ne t'inquiète pas, répondit Elsa, je pense que personne ne te demandera de remettre le courant.

— C'est moche de se moquer.

— C'est moche, mais c'est drôle.

— C'est vrai. Tu as de la sauce tomate sur la joue.

— Non, c'est du rouge à lèvres.

Le docteur Chaumet appela Elsa, elle redevint tout à coup sérieuse, rassembla ses affaires et quitta la salle d'attente.

39

Elsa

Mon fils ne répond pas à mes appels. Il est parti chez son père en me faisant la tête. Il est au centre d'apprentissage cette semaine. On a dû s'organiser différemment pour la garde : une semaine chez son père, qui habite juste à côté de l'école, trois semaines chez moi. Le restaurant qui l'emploie est sur la route de mon boulot.

La semaine dernière, il commençait son tout premier travail. Je l'ai déposé devant et j'ai observé ce grand jeune homme en tenue de cuisinier en repensant au petit garçon qui me préparait des plats dans sa cuisine en bois. C'est un bonheur de le voir grandir, j'aurais juste voulu que ça prenne un peu plus de temps.

Le soir, quand il est rentré, je l'ai abreuvé de questions. Ils sont gentils avec toi ? Ils t'ont fait faire quoi ? Tu as goûté des plats ? Tu as fait attention avec les couteaux ? Il a répondu laconiquement, il regardait ailleurs, ça a ravivé de douloureux souvenirs et réveillé mes inquiétudes.

En quatrième, il a dû changer de collège. Des soi-disant copains avaient décrété qu'il était efféminé. Ils ont commencé par l'isoler. « Désolé, y a plus de place à table. » « Désolé, l'équipe est au complet. » « Désolé, conversation privée. » Ils ont fait en sorte que plus personne ne lui parle. Il n'a jamais voulu me détailler les rumeurs qu'ils ont fait courir sur lui, mais visiblement ça a été efficace. J'ai demandé un rendez-vous avec le principal, il a jugé que c'étaient des jeux d'enfants sans conséquence, j'ai eu droit à une logorrhée sur l'adolescence, le risque de parents trop présents, le besoin de lâcher la bride pour les laisser grandir, ce genre de conneries qui vous culpabilisent de ne pas faire comme il faut. Il a affirmé que Tristan passait son temps avec les autres élèves. Le soir même, à table, mon fils a lui aussi nuancé ses propos. Il n'y avait rien de grave, les profs avaient raison, je ne devais pas m'inquiéter.

...

Je m'en veux beaucoup, parce que je l'ai cru. Je pense que c'était plus supportable. Il ne m'a donc rien dit quand ils se sont mis à l'insulter. Pédé. Tapette. Gonzesse. Pédale. Il a juré qu'il était tombé seul dans les escaliers quand il s'est ouvert l'arcade.

Mon enfant si souriant s'est assombri. Des maux de ventre le pliaient en deux. Pendant les vacances, il reprenait vie. J'ai enfin ouvert les yeux. Il a changé d'établissement à la rentrée de janvier. Ça n'a pas tout réglé, il y en a toujours pour rejeter la différence, mais l'équipe enseignante était vigilante, et il a pu terminer le collège de manière plus sereine.

J'ai failli passer à côté, docteur. Pourtant mon fils est le centre névralgique de ma vie. Alors, quand je l'ai vu s'obscurcir de nouveau la semaine dernière, mon sang n'a fait qu'un tour. Vendredi midi, pendant ma pause, je me suis garée en face du restaurant. La terrasse était pleine, les serveurs valsaient entre les tables, je les ai observés en me demandant si l'un d'entre eux était responsable de l'état de mon fils. Évidemment, rien dans cette scène ne m'a fourni le moindre indice, je ne sais pas à quoi je m'attendais. J'allais repartir quand je l'ai vu sortir par l'arrière, les poubelles à la main, en compagnie d'un jeune homme. Ils avaient l'air de bien s'entendre, ils riaient, ça m'a rassurée, j'ai démarré, et c'est là qu'il m'a vue. Il s'est figé, il m'a fixée, et tout ce que j'ai trouvé à faire, c'est plonger sous le volant. C'est pas comme s'il connaissait parfaitement ma voiture. Je ne l'ai pas revu, il est parti direct chez son père le soir, et je sais par ce dernier qu'il m'en veut de ne pas réussir à lui faire confiance. Il a l'impression que je le traite comme un bébé.

Pour ma mère, tout ce qui venait de l'extérieur était un danger. Elle était elle-même le fruit d'une mère inquiète, qui le devait peut-être à sa propre mère. Ce n'est pas évident de briser le cycle. Je m'y emploie, je tâche de retenir mes « Fais attention », mes « Tu vas te faire mal », je ne consulte pas son téléphone alors que je rêve d'y intégrer un mouchard pour lire tous ses messages. Ma mère ne m'a jamais laissée participer à une sortie scolaire, encore moins partir en colonie de vacances. Quand j'avais le droit d'aller à un anniversaire, elle s'arrangeait pour y rester. Je me suis fait violence pour ne pas reproduire le schéma, je me souviens avoir très sérieusement envisagé, lors de la première classe verte de Tristan, de prendre un hôtel pas loin. J'ai résisté. Quand il a dix minutes de retard, quand il ne répond pas dès la première sonnerie, quand j'entends une sirène, j'imagine le pire, l'irréparable. J'ai peur de tout quand ça concerne mon fils. Qu'il soit triste, malade, rejeté, angoissé, mort. Je voudrais le protéger de vivre. Je sais pourtant que le laisser faire ses expériences est le meilleur moyen de l'aider à grandir. Un jour, dans un podcast, j'ai entendu un psy dire que, quand on donnait la vie, on donnait aussi la mort. J'ai trouvé cette phrase extrêmement violente, il m'a fallu du temps pour admettre qu'elle était vraie. Nos enfants mourront un jour, tôt ou tard. C'est la règle du jeu.

...

J'espère qu'il ne m'en voudra pas trop longtemps. C'est du temps perdu, tout ça.

Je ne me suis pas disputée avec ma mère depuis quatre mois. Depuis mon père. Quand elle m'agace, je songe à toutes ces choses qui m'agaçaient chez lui. Je donnerais tout pour qu'il m'agace encore.

40

Elsa descendit l'escalier sous l'éclairage cru des appliques murales. L'électricité était revenue. Ils avaient de la chance. Lors de la dernière tempête, le noir avait duré trois jours.

41

Vincent

Ça n'a pas tardé. J'ai eu mon premier commentaire négatif.

« Livre insipide, aucune profondeur, aucune psychologie, si j'avais pu mettre zéro je l'aurais fait. Quitte à gâcher du papier, préférez du triple épaisseur. »

C'est net et rythmé. Manon n'a même pas pris la peine de prendre un pseudonyme.

Ça m'a fait rire. Et je lui suis reconnaissant de ne pas avoir mentionné mes – très occasionnels – problèmes d'érection. De toute façon, je suis habitué, ma propre mère n'aime pas mes livres. Elle ne le dit pas comme ça, c'est plus subtil. Elle se contente de m'envoyer un laconique « J'ai bien aimé » par SMS, suivi d'un mail interminable dans lequel elle pointe toutes les phrases qu'elle reformulerait, celles qu'elle ne comprend pas, et les passages qu'elle couperait. À l'inverse, elle est souvent dithyrambique pour parler des livres des autres. Chaque fois que j'entre en écriture, j'espère que ce sera le roman qui me vaudra un « J'ai beaucoup aimé » de sa part.

Quand j'étais gamin, il lui arrivait souvent de m'emmener à l'hôpital le mercredi. Le centre aéré, c'était trop cher. Je passais la journée dans la minuscule pièce sans fenêtre qui faisait office de vestiaire pour les invisibles. À la lueur du néon, je bouffais un paquet de livres. Je crois que c'est là, entre ces murs blancs, que j'ai peuplé mon imaginaire et commencé à inventer des histoires. De temps en temps, ma mère m'autorisait à la suivre dans des services où rien ne me traumatiserait, et les bons jours j'avais même le droit de l'aider. J'étais le plus heureux, surtout quand je pouvais utiliser la grosse machine pour laver le sol. À l'époque, le ménage était pour moi une activité exotique, ça n'a malheureusement pas duré.

Il y a quelques mois, juste avant qu'elle parte à la retraite, je suis passé l'attendre à la sortie de son travail, un bouquet de fleurs à la main. C'était son anniversaire, ma mère adore les surprises.

Elle était accompagnée de deux collègues que je n'avais jamais vues. Elle était ravie, même si elle l'a caché, j'ai appris à déchiffrer son visage impassible. Ses collègues m'ont embrassé comme du bon pain, limite elles m'ont ébouriffé les cheveux, j'avais de nouveau cinq ans. L'une d'entre elles m'a dit qu'elle avait tous mes livres, ma mère a levé les yeux au ciel avec un sourire en coin. Alors, la troisième a lancé :

— Arrête un peu, Monique, t'es fière de ton fiston !

J'ai dû avoir l'air étonné, parce qu'elle en a rajouté une couche, pour le plus grand plaisir de ma mère :

— Y a des articles qui parlent de toi sur tous les murs du vestiaire. On a l'impression de te connaître, à force !

— Faut qu'on lui raconte, pour madame Badion, a continué l'autre.

— Non, non, a objecté mollement ma mère.

— Mais si, c'est trop drôle ! Madame Badion, c'est notre cheffe, et un jour elle a osé dire qu'elle aimait pas tes livres. Je te dis pas comment ça l'a chauffée, notre Monique. Elle lui a dit le reste.

— Ah ça, elle faisait pas la maligne, la Badion !

Pendant que les deux se gaussaient en se remémorant la scène, ma mère m'a attrapé le bras et entraîné vers le parking. À la voiture, elle m'a remercié pour les fleurs et elle m'a demandé si je voulais l'accompagner aux courses.

Elle n'aime pas mes livres, mais je crois qu'au fond, elle est fière. Heureuse pour moi, même. C'est encore mieux. Ils n'ont jamais eu de grandes ambitions, mes parents. Il reste peu de place pour les rêves quand on croule sous les contraintes. Boucler les fins de mois, remplir le frigo, assurer les cadeaux d'anniversaires et ceux de Noël, partir au camping. Que leur fils unique s'en tire mieux qu'eux. Ils n'étaient d'ailleurs pas d'accord sur l'itinéraire de ma réussite, ma mère espérait que je trouve un boulot dans lequel je m'épanouisse, mon père me souhaitait un gros salaire. Moi, je visais pas grand-chose, je n'envisageais pas de quitter le milieu dans lequel évoluait ma famille depuis la plus haute branche de l'arbre généalogique. Là où j'ai grandi, ce n'est pas la passion qui nous tire du lit. Là où j'ai grandi, on est locataire, on attend la CAF, on entoure les promotions sur les prospectus, on prend les articles sur l'étagère du bas, on a une carte électron, on redoute les appels masqués, on porte les vêtements des autres, on reconnaît la caissière de LIDL, on préfère les débuts de mois, on fait ses comptes, on préfère quand le facteur ne s'arrête pas, on fait tourner le lave-linge la nuit, on attend que les films passent à la télé, on couvre ses cheveux blancs soi-même, on sait où l'essence est la moins chère, on se persuade que « qui dort, dîne » est un proverbe valable dans toutes les familles. J'ai toujours trouvé ça injuste, de voir ces gens trimer pour pas grand-chose, les boulots ingrats sont souvent les plus mal payés. J'en ai vu combien se péter le dos, respirer des produits toxiques, se bousiller les genoux, atteindre péniblement la retraite, et être trop mal en point pour en profiter ?

...

J'ai appris l'expression « transfuge de classe ». C'est ce que je suis. J'ai sauté une classe, je suis passé du petit peuple à ceux qu'on considère. Ça aurait dû apaiser mon sentiment d'injustice, ça n'a fait que l'accroître. Je trouve dégueulasse de gagner autant d'argent en gardant le cul assis, bien au chaud, en jouissant de mes petits privilèges. Ceux à qui j'en parle me répondent invariablement que c'est mérité, que j'ai du talent, que je devrais me réjouir. Je me réjouis, évidemment. Mais personne ne parviendra à me convaincre que j'ai plus de mérite que mon père, qui a des plaques en métal tout au long de la colonne vertébrale à force d'avoir fabriqué des maisons auxquelles il ne pouvait même pas rêver. Jamais je ne penserai que j'ai plus de mérite que ma mère et toutes ses collègues. Savez-vous que l'espérance de vie d'un cadre est supérieure de cinq ans à celle d'un ouvrier ?

Mon appartement a un grand patio. Quand je l'ai fait visiter à mes parents, juste après l'avoir acheté, j'avais envie de chialer. Je me sentais honteux.

Bref, je ne suis pas naïf, je sais bien que je ne changerai pas le monde. Mais j'essaie d'y contribuer, à mon petit niveau, dans mes livres, dans mes actions, ça m'aide à mieux dormir.

L'autre jour, ma fille a cassé son bol préféré. Elle n'a pas pleuré, elle m'a dit « Tu pourras me le racheter ? » J'ai failli le faire. Pendant leurs premières années, ça a été mon erreur. J'ai tenté de réparer mes frustrations d'enfant en comblant tous leurs désirs. J'ai déconné. Il faut qu'elles aient conscience de leur chance, du caractère exceptionnel de notre situation. Il faut qu'elles sachent que tout ne se remplace pas, et que la frustration est le quotidien de la plupart des gens. Ça a été celui de leur père, à leur âge.

C'est déjà l'heure ?

Pardon, je me suis un peu emballé.

J'ai parfois besoin que quelqu'un me dise que je ne suis pas devenu un parfait connard. Vous en pensez quoi, vous ?

42

Le vent s'était renforcé et charriait désormais feuilles, brindilles et même branches. Une poubelle traversa la route en dehors des clous. Vincent marchait vers la gare, luttant contre les bourrasques qui le ralentissaient. La pluie fine de l'aller avait cédé la place à de lourdes gouttes qui transperçaient ses vêtements et dégoulinaient sur sa peau.

Il ne croisa pas âme qui vive. Les commerces avaient baissé le store. Il n'avait pas voulu croire au SMS qu'il avait reçu en sortant de la consultation, mais l'inquiétude commença à le gagner.

Il se mit à l'abri et attendit son train, qui ne vint pas. Un coup de fil à la SNCF lui confirma que le SMS disait vrai. La vigilance avait viré au rouge et des obstacles encombraient les voies.

— Le trafic devrait reprendre dès demain matin, l'informa la voix dans le téléphone.

— C'est-à-dire ? Y a pas de train cet après-midi ?

— La circulation des TER est interrompue jusqu'à demain.

Vincent raccrocha sans remercier.

Il examina les possibilités qui s'offraient à lui. Personne ne prendrait le risque de le conduire à Bordeaux, ni taxi ni ami. Il avait plus de chance de se faire assommer par un arbre que d'être pris en stop. Il n'était pas envisageable de rentrer à pied. Il se souvint avoir vu un hôtel dans la rue principale.

Il quitta son abri et revint sur ses pas. La porte était close, et, quand il appela le numéro de téléphone indiqué dessus, il tomba directement sur la messagerie. Il sonna chez le docteur Chaumet et n'obtint aucune réponse.

Il avait beau chercher, il ne lui restait plus qu'un espoir.

Quand l'alerte était tombée, Elsa avait posé une journée de congé. Son patron n'avait pas bataillé, il savait que la route qu'elle empruntait traversait des forêts de pins, les employés compétents étaient des denrées trop rares pour les perdre sous un arbre.

Comme chaque fois qu'elle quittait l'extérieur pour l'intimité de son cocon, elle avait revêtu un pantalon de survêtement et un tee-shirt large. Elle ne supportait plus les vêtements serrés à la taille et les soutiens-gorge, et toute une partie de son armoire était dédiée à ses habits informes.

Elle avait décidé de profiter de sa journée à la maison pour s'attaquer au nettoyage des tapis, corvée aussi déplaisante que nécessaire quand on vit avec des animaux (elle ne comptait pas uniquement son fils), mais l'appel de son lit avait été plus fort. Elle lisait, sombrant lentement dans un bienheureux sommeil, quand la sonnette la fit sursauter.

Elle se dirigea vers la porte en maudissant à voix haute l'importun, quel qu'il soit, ainsi que sa descendance sur cinq générations.

— Surprise ! lança une masse dégoulinante de l'autre côté du portail.

— Mes parents m'ont interdit de parler aux extraterrestres.

La masse pointa son index en direction d'Elsa en empruntant une voix nasillarde « Téléphone, maison ».

— Désolée, mes parents m'ont aussi interdit d'ouvrir aux très mauvais imitateurs.

— Et moi qui espérais te divertir tout l'aprèm avec des mimes…

— Tu veux entrer ?

Il secoua ses cheveux trempés :

— Non merci, je voulais juste te prouver que l'eau mouille.

— Allez, viens !

Elsa referma la porte et deux molosses se jetèrent sur Vincent. Dans un mouvement de défense qui confinait à la panique, il se plaqua contre le mur.

— Elles sont gentilles, lui dit Elsa. C'est leur façon de te saluer.

— En général, je préfère qu'on me serre la main.

Vincent baissa les bras et caressa la tête des chiennes, affairées à lui renifler les jambes :

— T'es sûre qu'elles ne vont pas me mordre ?

— Aucune chance. Elles préfèrent les téléphones ou les chaussures. Je suppose que ton train a été annulé ?

— Bravo Sherlock. Je suis désolé, je ne savais pas où aller.

— Comment tu savais où j'habitais ?

— Parce que je suis un serial killer.

Elsa esquissa un sourire.

— Parce que tu m'as montré ta maison de loin, l'autre jour, reprit Vincent. Tu te souviens pas ? Quand on allait à la gare.

— Ah oui, peut-être. À quelle heure est le prochain train ?

— Demain matin.

Elsa s'immobilisa.

— Je sais. Je suis désolé. J'ai aucun moyen de rentrer chez moi.

Elle regretta d'avoir ouvert. La compagnie d'un être humain, aussi sympathique fût-il, lui paraissait insurmontable. Ce n'était pas ce qu'elle avait prévu, et Elsa n'aimait pas quand ce n'était pas ce qu'elle avait prévu. Elle ressentit la même sensation d'oppression que la première fois qu'elle l'avait rencontré, dans la salle d'attente du docteur Chaumet.

Vincent semblait sincèrement ennuyé. Elle hocha la tête :

— Reste ici, si tu veux.

— T'es sûre que ça ne te dérange pas ?

— Non. Tu es trempé, tu veux des affaires de rechange ?

— Ne t'inquiète pas, ça va sécher.

— Je peux regarder dans les affaires de mon fils.

Elle l'évalua de la tête aux pieds :

— Il est plus petit que toi, mais il s'habille large, ça devrait t'aller, ajouta-t-elle.

Elle disparut dans un couloir et Vincent se retrouva seul avec les deux chiennes, toujours affairées à le renifler.

— Je ne suis pas bon, murmura-t-il. Ma viande a un goût de clope et de dentifrice à l'eucalyptus. Je vous déconseille. Je suis très mal noté sur DogAdvisor.

— Surya ! Soka ! Laissez-le tranquille, ordonna Elsa en revenant dans le salon. Vincent, tu peux aller dans la salle de bains si tu veux, deuxième porte à droite.

Il en ressortit quelques minutes plus tard, vêtu d'un tee-shirt bariolé, d'un bermuda, de chaussettes blanches et d'une paire de claquettes.

Elsa rit en le découvrant :

— J'aurais pu t'épargner les claquettes.

— Ç'aurait été moins drôle, répondit Vincent. Ton fils s'habille vraiment comme ça ?

— À mon grand désarroi, confirma Elsa. Je crois que je préférais la période dinosaures.

— Je ne juge pas, j'ai porté la coupe mulet.

— Non ?!

— Je te jure. Mes parents rêvaient de me raser la tête la nuit.

Surya et Soka, manifestement rassurées, cessèrent de humer l'anatomie de Vincent et s'installèrent l'une contre l'autre sur un grand coussin posé au pied du canapé.

— Je veux pas t'embêter, dit Vincent. Continue ta journée comme si je n'étais pas là, je peux m'asseoir quelque part et me faire discret. J'ai de quoi m'occuper.

— Je n'avais pas un programme chargé, pour tout te dire j'étais en train de lire.

— Alors, poursuis ta lecture ! Je vais écrire un peu.

Elsa hésita. Elle appartenait à une époque où on élevait les petites filles en leur apprenant à donner la priorité aux désirs des autres, quitte à étouffer les leurs. C'est ainsi qu'elle s'était construite, en reproduisant le schéma maternel. Que ce soit avec son père ou, plus tard, avec son beau-père, sa mère s'était oubliée. Il y a quelques mois encore, dans la même situation, Elsa aurait immédiatement délaissé son lit et son livre et aurait tenu compagnie à Vincent, parce que c'était « ce qui se faisait ». La mort de son père avait déplacé son ego. Elle se rendait compte, désormais, que son désir lui importait.

— T'es vraiment sûr ? insista-t-elle. Ça m'ennuie de te laisser seul.

— Elsa, je t'assure, je préfère être seul qu'en ta compagnie.

Elle sourit :

— Alors, si c'est ce que tu veux. Fais comme chez toi, on se voit tout à l'heure !

Elle s'engouffra dans le couloir tandis que Vincent s'enfonçait dans le canapé. Les chiennes suivirent leur maîtresse du regard, attendirent quelques minutes, puis, au ralenti, en jetant des coups d'œil à droite et à gauche, grimpèrent sur le canapé et posèrent leur lourde tête sur les cuisses de Vincent.

43

Elsa avait dormi plus d'une heure, la joue collée contre la page 46. Elle se leva d'un bond et rejoignit son hôte surprise.

De son côté, après avoir écrit quelques phrases sur son téléphone, Vincent avait eu la confirmation qu'il préférait noter ses premières idées sur papier. Il avait caressé l'envie de se lever pour chercher une feuille, un espace libre sur un magazine ou un prospectus qui aurait pu faire l'affaire, mais, sans même un regard, les deux molosses l'en avaient découragé.

Elsa le trouva exactement à l'endroit où elle l'avait quitté, et lut dans son regard un intense soulagement.

— Je suis désolée, fit-elle. C'était très malpoli de te laisser. Je ne supporte que la solitude en ce moment.

— Aucun problème, je suis parfaitement à l'aise !

— Ça saute aux yeux, en effet.

— J'ai les jambes mortes et la vessie pleine, je sais pas ce qui urge le plus.

Le simple son de la voix d'Elsa avait rendu vigueur à Surya et Soka, qui regagnèrent leur coussin comme un seul homme. Vincent déplia sa carcasse au ralenti et secoua chacun de ses membres. Elsa se tapa la tête :

— Je ne t'ai même pas proposé quelque chose à boire. Je t'assure que je reçois mieux, d'habitude.

— Je suis honoré d'avoir un traitement spécial. Je trouvais justement que les gens me réservaient trop d'égards.

Elle sentit les larmes piquer ses yeux. Elle était habituée, elles se pointaient sans préavis, dégât des eaux sur ses joues, de préférence dans des moments où elle s'en serait bien passée. Seule, elle leur laissait libre cours. Elle craignait toujours qu'elles s'installent définitivement, elle avait parfois cru se noyer dans ses pleurs, s'étouffer dans ses sanglots. Mais en public, elle fournissait des efforts surhumains pour les ravaler. Elle serrait les dents, inspirait profondément, écarquillait ses yeux, secouait la tête, s'imposait des pensées divertissantes. Le spectacle qu'elle offrait alors ressemblait davantage à une constipation qu'à une séquence émotion.

— Tout va bien ? s'inquiéta Vincent, et cette simple phrase fit céder la digue.

— Parfaitement bien, répondit-elle en essuyant ses joues avec le dos de sa main.

— Si tu le dis, bafouilla-t-il.

Les deux chiennes se levèrent et enfouirent leur museau dans les mains de leur maîtresse. Vincent balaya le salon du regard, avisa un bout de tissu sur la table, s'en empara et le tendit à Elsa.

— Merci. C'est un torchon.

— Tu préfères du papier toilette ?

Elle sourit :

— Je suis vraiment désolée. Tu comprends pourquoi je me cloître chez moi ?

— Absolument. Je regrette de ne pas avoir affronté l'autre tempête.

— Tu es horrible !

— Mais tu souris.

Elsa se moucha bruyamment et se rendit dans la cuisine :

— J'ai du coca, du jus d'orange, du vin blanc.

— Un verre d'eau, ça ira très bien.

— Je savais que tu étais un punk.

Il saisit le verre qu'elle lui tendit.

— Je fais le mariole, mais je suis comme toi en ce moment. Si je pouvais m'enfermer dans une grotte et ne voir personne, je le ferais.

— Depuis longtemps ? demanda-t-elle en sortant un disque de son étui.

— Je ne sais pas vraiment le dater. C'est une sensation qui m'habite depuis des années, je crois. Qui revient par vague. Et certaines vagues sont plus grosses que d'autres.

Elsa posa le vinyle sur la platine, leva le bras et plaça le diamant sur un sillon. Le disque se mit à tourner et les notes de musique s'envolèrent des haut-parleurs.

— Jeff Buckley, « Grace » ! lança Vincent.

— Tu connais ?

— Bien sûr ! J'ai acheté le CD dès sa sortie en 94, je l'ai écouté des millions de fois sans jamais m'en lasser.

— C'est fou ! Moi aussi je l'ai acheté à sa sortie ! À l'époque, tout le monde écoutait Ace of Base ou Boyz II Men, je faisais figure d'extraterrestre. C'est mon père qui me l'a fait connaître.

Elsa se retira en elle-même, emportée dans le passé par la voix angélique et la guitare électrique. Vincent l'observa. Il ne voulait pas risquer d'interrompre son voyage intérieur. Il savait combien ces moments étaient précieux pour imprimer les souvenirs avant que le temps ne s'en mêle.

— C'est beau… ça me rappelle tant de choses avec lui, murmura-t-elle. J'ai parfois l'impression qu'il est sur le point de rentrer.

— Tu veux en parler ?

— Ne me tente pas. Si je m'écoutais, je parlerais de lui tout le temps, à tout le monde.

— Parle-moi de lui.

Elle secoua la tête :

— Je sais que c'est chiant. C'est pire que les gens qui montrent des clichés de leurs enfants à tout bout de champ.

— Je t'assure, ça me dérange pas. C'est lui sur la photo ?

Dans un coin de la pièce, au-dessus d'un buffet, Elsa avait accroché un portrait de son père. Une bougie à moitié fondue lui faisait face. Chaque fois qu'elle passait devant, en sentant son cœur se désintégrer, elle se demandait si c'était une bonne idée. Plus d'une fois, elle avait songé à ranger le cliché, le soustraire à son regard, à sa douleur, mais elle s'était ravisée. Elle n'était pas prête à panser sa blessure, elle était la preuve de leur amour.

— Elle date de l'année dernière, répondit-elle. Il était passé nous voir à l'improviste, ça m'avait agacée. Il savait que j'aimais qu'on me prévienne, que je détestais qu'on bouscule mon planning mental. Ça lui passait au-dessus. Il avait envie de venir, il venait, point. Cette fois-là, il m'avait appelée avant. « Je voulais te prévenir que je vais passer », il m'avait dit. J'avais demandé quand, il avait répondu « Dans pas longtemps ». Une minute plus tard, il sonnait. J'ai essayé de l'accueillir chaleureusement, mais il a senti que c'était faux. Ses visites débutaient toujours un peu froidement, c'était comme un rituel. Je me vexais qu'il ne prévienne pas, il se vexait que je me vexe, et, rapidement, l'un de nous sortait une vanne et c'était oublié. Tristan venait d'avoir un téléphone pour son anniversaire, c'était son tout premier. J'ai servi un déca à mon père, depuis quelques années il ne buvait plus de vrai café, son cardiologue le lui avait déconseillé à cause de son hypertension. On s'est installés sur la terrasse, mon père a allumé une clope, son cardiologue n'avait pas eu gain de cause sur ce point, il a sorti un post-it avec les sujets dont il voulait me parler, et on a passé deux heures, sous les rayons du printemps, à discuter. C'est là que Tristan a pris la photo. Il découvrait les différents réglages, je le revois gesticuler autour de nous. Ce portrait me bouleverse. Mon père est en train de me regarder. Il a un truc dans les yeux, ce truc de parent face à son enfant. Une douceur, une vulnérabilité, et en même temps beaucoup de force. Si l'amour pouvait s'incarner, il serait ce regard.

Vincent but une gorgée d'eau tiède.

— J'espère que mes filles parleront un jour de moi comme tu parles de ton père.

— Tu as toujours tes parents ?

— Oui.

La tirade d'Elsa lui avait donné une urgente envie de les voir. Le malheur des autres possède cet éphémère pouvoir.

— Je n'imaginais pas que ce serait si difficile. C'est une douleur presque physique, un gouffre qui se creuse au milieu de la poitrine, juste là, et qui menace de m'avaler. J'ai le sentiment que seuls ceux qui ont perdu un proche peuvent vraiment comprendre.

Elle écrasa une larme rebelle du bout de l'index. Vincent lui caressa maladroitement l'épaule.

— Je comprends. Je comprends vraiment.

Elle l'interrogea du regard.

Pour toute réponse, il but une nouvelle gorgée qu'il avala péniblement.

44

Ils étaient assis de part et d'autre du canapé, elle les jambes regroupées contre son buste, lui la tête posée sur sa main. Elsa avait allumé la télé, comme une convive placée là pour combler les silences et offrir un point de chute aux regards errants. Il y eut d'abord de la gêne, nourrie par une certaine pudeur. Vincent éprouva le même inconfort que dans un ascenseur avec un inconnu. Elsa s'agita, rangea les magazines sous la table basse, effaça des traces imaginaires sur le tissu, tapa les coussins pour leur redonner du gonflant.

Il ne fallut pas longtemps pour que la télé, les coussins et les traces imaginaires soient oubliés et que la conversation se mette à couler, dans un entrelacs de légèreté et de mélancolie. Depuis leur place, Surya et Soka assistèrent à un échange ininterrompu, où chacun écoutait l'autre, oui, c'était cela, une écoute parfaite, sans jugement, sans interruption, sans attente, surtout. Une écoute primaire, désintéressée. Ils se découvrirent différents, divergents parfois, ils se devinèrent proches, soulevés par les mêmes emballements, consumés par les mêmes feux, tenus éveillés par les mêmes tourments.

Un claquement sec fit sursauter Vincent.

— C'est le volet, le rassura Elsa.

Il n'avait pas toujours été cette personne qu'un bruit faisait sursauter. Dans sa mémoire existait un jeune homme qui avait loué une voiture pour découvrir le Canada, seul, par moins vingt degrés, qui avait bravé le blizzard, dormi dans des auberges de jeunesse isolées, traversé des zones accueillant moins d'humains que de caribous. Il y pensait comme à une autre vie, celle d'une autre personne, qui ignorait encore que l'existence était un château de cartes qu'une bourrasque suffisait à balayer.

Un nouveau bruit fit taire ses pensées. Un grondement sourd.

— Ah, voilà l'orage, dit Elsa.

— C'est mon ventre, se marra Vincent. J'ai rien avalé depuis ce matin, je pensais manger en rentrant après la séance.

— Je suis désolée, j'avais pas vu qu'il était si tard !

La nuit progressait lentement, le ciel était si bas que le jour semblait ne s'être jamais réveillé. Elsa se leva et ouvrit un placard :

— Tu as de la chance, je cuisine aussi bien que mon fils. Je peux te proposer des rubans d'or et leur écume filante, c'est ma spécialité.

— Ne t'embête pas ! Des pâtes feront très bien l'affaire !

Elle posa sur le plan de travail un paquet de spaghettis et un sachet d'emmental râpé :

— C'était l'idée.

— Ah ah ! Si t'as du ketchup, je suis le plus heureux.

Elle ouvrit le frigo et brandit fièrement une bouteille rouge :

— Alain Ducasse peut aller se rhabiller.

Soudain, un bref claquement et des signaux sonores, puis le silence et la pénombre.

Ils attendirent quelques secondes, espérant le retour de l'électricité, en vain.

— Merde, fit Elsa. Encore ?

— Comme tu dis.

— J'ai des bougies dans le cellier, bouge pas, je vais les chercher.

— Je t'accompagne, annonça Vincent en lui emboîtant le pas.

— Ne t'en fais pas, je n'ai pas peur du noir.

— Oh, ce n'est pas pour toi que je m'en fais.

Ils mangèrent du pain de mie au ketchup et burent du vin bouchonné. Ils parlèrent de leurs enfants, de leurs lectures, du travail d'Elsa, de leur enfance, de leurs amis, du temps qui passe, des années 90, du docteur Chaumet, des retards de train, de l'état du monde. Les ombres les incitaient à la confidence, ils se dévoilèrent sous les flammes dansantes, couche après couche.

La cire fondit.

Les heures aussi.

Le soir devint nuit.

Il était trois heures dix lorsque l'électricité revint. La lumière crue les tira de leur parenthèse intime. Elsa remarqua l'heure tardive et poussa un cri. Vincent entreprit de débarrasser la table, elle l'en empêcha. « Je ferai ça demain. Viens, je vais te laisser ma chambre. » Il affirma que le canapé lui suffirait. Elle n'insista pas. Elle l'aimait bien, mais elle aimait encore plus son surmatelas. Elle ne se brossa pas les dents, ne se déshabilla pas. Elle s'endormit en une poignée de secondes. Vincent ne trouva le sommeil qu'au lever du jour, et, quoi qu'il veuille se faire croire, ce n'était pas uniquement à cause des grosses têtes de Surya et de Soka.

45

Le nez collé à la vitre du train, Vincent observait les stigmates de la tempête survenue quelques jours plus tôt. La forêt était défaite, désordonnée, les arbres étaient couchés les uns sur les autres comme un vaste jeu de mikado. Des pins gisaient, racines à l'air, de nombreux chênes avaient perdu la tête. Il y prêta pourtant une attention lointaine.

Pour la première fois, il n'avait pas envisagé d'annuler son rendez-vous avec le docteur Chaumet. Il s'était même surpris à l'attendre. Il se demandait si Elsa avait des nouvelles de son fils, si elle avait réussi à réparer sa barrière endommagée par une branche. Il se demandait surtout si elle aussi avait attendu ce prochain rendez-vous.

Il fut le premier à descendre du train. Il jeta un œil à la maison d'Elsa – la voiture n'était pas garée devant –, remonta la rue, gravit les escaliers, sonna, passa la main dans ses cheveux, ouvrit la porte.

La salle d'attente était vide.

Il s'assit sur sa chaise habituelle, celle perpendiculaire à l'entrée du cabinet. Le docteur Chaumet avait dû être à l'heure, pour une fois, songea-t-il. Il percevait des voix, de l'autre côté du mur.

Il tira un petit carnet et un stylo de la poche de sa veste et se mit à écrire.

Quand la porte s'ouvrit, les voix devinrent plus nettes. Sa déception aussi. Le docteur Chaumet salua sa patiente et appela Vincent.

46

Vincent

J'ai recommencé à écrire. Ça m'est tombé dessus, comme chaque fois. Une évidence.

C'est un sujet autour duquel je tourne depuis des années, sans oser l'approcher. C'est le moment.

Je vous raconte ?

...

Un garçon, une fille. Ils se rencontrent l'été de leurs dix-sept ans, en 1996.

Il est plutôt réservé, accro aux livres, à la musique et aux jeux vidéo. Il a une bande de potes, il traîne parfois avec eux, il fume, des clopes, des pétards, il découvre les vertiges de la bière. Il joue les durs, avec ses cheveux longs, ses tee-shirts à l'effigie de Nirvana et ses Doc Martens, mais le soir, dans le secret de sa chambre, il noircit les pages de ses cahiers et il pense à elle.

Elle a loupé son bac et elle s'en fout. Elle est drôle, elle fait rire tout le monde, même les adultes, même les parents. Elle a un anneau dans le nez, elle fait la morale à tous ceux qui fument, à tous ceux qui boivent, à tous ceux qui jettent des papiers par terre. Elle a des yeux tristes même quand elle sourit. Elle a deux grands frères mais pas de papa. Elle dit qu'elle ne tombera jamais amoureuse. Elle joue de la guitare et chante en même temps. Elle chante faux, mais il trouve ça beau quand même.

C'est la première fois qu'une fille emballe son palpitant.

La première fois qu'ils s'embrassent, c'est une épiphanie.

Ils entrent dans la vie main dans la main. Découvrent les plaisirs, les frémissements, les émois, les manques, les peurs, les désirs.

Il fait un BTS, elle redouble sa terminale.

Une année passe, ils dorment chez l'un, chez l'autre. Les parents acceptent, sous condition de bonnes notes. Elle lui compose des chansons, il lui écrit des poèmes. Ils s'endorment toujours l'un face à l'autre.

...

Ça n'a l'air de rien comme ça, mais on ne le fait qu'avec les gens qu'on aime. Il la regarde s'endormir en mesurant sa chance. Elle le regarde s'éveiller en mesurant sa chance. Les parents cherchent à amortir la chute, selon eux inévitable : c'est un amour de jeunesse, le premier, ça ne dure jamais. Ils les laissent parler, ils en rigolent. Qu'est-ce qu'ils y connaissent, les vieux ?

Elle obtient enfin son bac, mais elle a des fourmis dans les guiboles. Elle rêve de sac à dos et de grands espaces. Elle ne veut pas partir sans lui. Il doit finir ses études, lui promet de l'attendre. Ils s'écriront. Il ne veut pas qu'elle dépérisse par sa faute. Ils ont le temps, leur vie est vaste, leur amour immense. Elle lui écrit toutes les semaines. Elle l'appelle dès qu'elle le peut. Colombie, Équateur, Bolivie, Chili, Pérou. Il sort un peu plus, un peu trop. Rencontre cette fille. Il le regrette tout de suite, hésite à lui en parler. Décide d'attendre son retour. Peut-être qu'elle aussi aura comblé l'absence dans d'autres bras que les siens.

Elle rentre. Putain qu'elle est belle. Elle lui fout le vertige. Ils s'étreignent à s'en étouffer. Elle sent. Devine. Il avoue.

Il n'y a pas eu d'autres bras pour elle.

« C'est le seul truc que je ne peux pas pardonner. Tu le savais. »

Elle reprend ses affaires, lui rend les siennes. Brûle les poèmes. Déchire son cœur.

Un an passe. Il loupe son BTS, part quelques mois à l'étranger. Revient, trouve un boulot qui ne le fait pas bander, mais lui permet de payer un loyer.

Il prend un studio près de la gare. La croise par hasard, un soir, place de la Victoire.

Elle est avec un type, mais c'est avec lui qu'elle rentre.

Toute la nuit, ils se racontent les mois sans lui, la vie sans elle. L'absence. Le regret. Les rires qui sonnent faux. Les tentatives d'oublis contre d'autres peaux. Les appels avortés. Les oreillers mouillés. Les chansons, les poèmes.

Le jour se lève, le pardon tombe, le monde poursuit sa ronde, et ils s'endorment l'un face à l'autre.

Ils visitent des appartements. En trouvent un, traversant, avec un bureau pour écrire et gratter. Les amis pourront y dormir. « C'est ça, le bonheur, dit-elle. Un appart avec toi et une chambre pour les recevoir. »

Ils s'aiment encore plus fort, comme s'aiment ceux qui savent le manque de l'autre.

Ils prennent un chat. Il dort le jour, braille toute la nuit. « C'est un entraînement », dit-il. « Tu veux m'épouser ? » elle demande.

Ils s'unissent en petit comité. Leurs très proches, de la musique, de la joie, beaucoup d'amour. Dans leur alliance, ils font graver « Nothing Else Matters ». Ils portent des Doc Martens. Elle chante toujours aussi faux, mais tout le monde chiale quand même.

Elle obtient un CDI dans une médiathèque. C'est à cinq minutes de l'appart à vélo. Ils ont invité leurs potes pour fêter ça. Il est allé faire les courses, raclette et charcuterie. Il fait vingt degrés dehors, mais il n'y a pas de saison pour le plaisir. Elle passera prendre le dessert en rentrant. « Un truc léger, après la raclette on va exploser. » C'est la dernière phrase qu'elle lui dit.

Le vélo est retrouvé à dix mètres de l'impact. Le chauffeur affirme ne pas l'avoir vue. Sur le porte-bagages, une forêt-noire.

…

Voilà, docteur. C'est l'histoire d'un type qui a perdu l'amour de sa vie alors qu'elle débutait à peine, qui foire toutes ses relations depuis, et qui attend huit mois de thérapie avant d'en parler à son psy, parce que c'est plus facile de faire comme si c'était de la fiction.

47

Vincent regagna la gare avec le sentiment diffus d'avoir oublié quelque chose. Il fouilla ses poches, le carnet s'y trouvait bien, le stylo aussi, ainsi que ses clés, sa carte bleue et son téléphone.

Les portes se refermaient à l'instant où Vincent sauta dans le train. Le docteur Chaumet l'avait gardé plus longtemps qu'à l'accoutumée. Il avait même parlé. Ses questions étaient précises et portaient sur l'après, les heures, les jours qui avaient suivi la mort de Margaux. Vincent avait dû prononcer ces mots. « La mort de Margaux. » La muraille avait cédé. Un échange s'était créé entre celui qui venait de déposer ses encombrants bagages et celui qui avait pour tâche de les trier.

Ses encombrants bagages. Voilà ce qu'il avait oublié.

Il chercha dans son téléphone le numéro d'Elsa. Elle le lui avait donné lorsqu'il était reparti de chez elle, l'autre matin. « Au cas où. » Il se demanda si l'envie de prendre de ses nouvelles était un cas où.

Il décida que oui.

« Salut Elsa,

J'espère que ta barrière va bien, et, accessoirement, que toi aussi.

Je t'embrasse.

Vincent »

Il le relut plusieurs fois, ajouta des phrases, les effaça, remplaça les embrassades par une simple bise, se dit que, quand même, pour un écrivain ça la foutait mal de ne pas trouver les mots, puis l'envoya.

Il s'aperçut trop tard qu'il avait finalement laissé les deux : « Je t'embrasse. Bise. »

Il ne reçut pas de réponse.

48

Le ventre d'Elsa gargouilla. Elle n'avait pas eu le temps de déjeuner, une cliente particulièrement éprouvée l'avait empêchée de partir à l'heure. Elle avait pensé à elle tout le trajet retour, à sa vie qui venait de basculer, aux montagnes russes qui l'attendaient.

Elle prendrait un sandwich à la boulangerie après la séance.

Elle consulta son téléphone, ouvrit ses messages, rangea son téléphone.

Le docteur Chaumet l'appela. Elle se leva, jeta un regard par la fenêtre et quitta la salle d'attente vide.

49

Elsa

Bonjour, docteur. Merci d'avoir accepté de décaler mon rendez-vous.

…

J'ai relâché ma garde.

…

J'ai passé une bonne soirée, ça ne m'était pas arrivé depuis longtemps.

C'est quelque chose d'étrange, le deuil. Une terre inconnue.

Depuis toujours, je joue dans ma tête la mort des gens que j'aime, comme la répétition d'un inexorable rendez-vous. Je me vois dévastée, au sol, incapable d'articuler deux mots sans être fauchée par une salve de larmes.

La réalité est sensiblement différente. Je peux parler, tenir à peu près debout, j'ai repris le travail, il m'arrive de voir du monde, d'apprécier un moment. Pire : il m'arrive de rire. La première fois, ça a jailli naturellement, dans l'un de ces interstices où j'oublie que je suis triste. Je l'ai mal pris, comme une trahison, un but contre mon camp. J'ai culpabilisé d'avoir osé oublier un instant que je vivais désormais dans le chagrin. C'est peut-être un système de protection du cerveau, j'imagine que personne ne survivrait à personne si l'absence ne se faisait pas oublier quelquefois. Je peux passer des heures à ne pas penser à lui. Des heures durant lesquelles le monde est le même qu'avant. Il n'y manque personne.

À plusieurs reprises, j'ai songé que c'était plus facile que ce à quoi je m'attendais. J'ai pensé que j'étais peut-être plus forte que ce que j'avais toujours estimé, que je n'étais peut-être pas cette personne vulnérable qui finirait ensevelie sous le poids des épreuves inévitables de la vie.

Ah ah ah.

L'innocente.

Il suffit que je baisse la garde, que je regarde ailleurs pour qu'il apparaisse derrière mes paupières, pour que sa voix me parvienne, et que, dans la seconde suivante, la réalité me foute un grand coup de poing dans la gueule. À chaque fois, c'est comme si je l'apprenais pour la première fois. Depuis cinq mois, j'ai appris mille fois que mon père était mort.

…

Après la bonne soirée, le coup de poing m'a terrassée.

C'était avec un homme. Vous le… Peu importe. Il a déboulé chez moi, à cause de la tempête. Il a un truc, je ne sais pas, quelque chose qui fait que je me suis sentie bien. On a parlé, c'était simple. Même les silences étaient faciles.

…

Je ne suis pas prête. J'ai besoin de me recroqueviller, de me protéger.

J'ai besoin de lécher mes blessures et de laisser le temps les cicatriser.

J'ai besoin d'arrêter de venir ici.

Je suis venue vous remercier, docteur. Et vous dire au revoir.

Trois ans plus tard

50

Papa.

Je me suis réveillée avec le manque dans la gorge. J'ai bu de l'eau, du café, j'ai avalé de la mie de pain roulée en boule, mais il reste coincé, planté en travers, à chaque respiration ça me transperce.

L'intensité demeure intacte, la même qu'au premier jour, insoutenable, insondable. On ne s'habitue pas à l'absence. On la tolère, on la supporte. Qu'est-ce qu'on pourrait faire d'autre ? Il n'y a pas de courage dans cette affaire. De la résignation, oui. De la capitulation, peut-être.

Ça ne fait pas moins mal avec le temps. Ça fait mal moins souvent.

Il y a des jours pires que les autres. Je n'avais rien contre les 8, avant. Ils m'étaient complètement indifférents, traversaient mes mois sans que je leur accorde d'intérêt particulier, parce qu'on ne sait jamais sur quel numéro va s'arrêter notre roue. Depuis toi, je vois approcher les 8 avec méfiance, je les redoute, ils ont la figure de ton absence. Le corps précède l'esprit, avant même d'avoir remarqué la date, il se fait plus lourd, écorché, et les images surgissent, comme d'hier, le coup de fil, le couloir, la course, et le reste derrière la porte.

Je n'ai pas de tombe où me recueillir. Je t'en remercie, ça m'économise la culpabilité de ne pas te rendre visite souvent. Je me passe bien des cimetières, ils me rappellent trop le boulot. L'eau Sourde, ça me convient mieux. J'aime son murmure, sa douce agitation. Le mouvement perpétuel de la rivière charrie plus de souvenirs que la terre ferme. Je vais souvent sur le petit pont près du moulin, là où tu aimais emmener Soka. La lumière y est toujours aussi belle. Soka continue de faire rouler des pierres jusqu'à l'eau avant de plonger les récupérer. Ça impressionne les passants, tu serais fier. Tu lui manques, à elle aussi. Hier, elle est venue poser sa tête sur ma cuisse pendant que je regardais une vidéo de toi. Je crois qu'elle attendait ton retour.

Il ne me reste plus que quelques plaques de psoriasis, éparses, de plus en plus fines. Il ne reste presque plus aucune trace de ton départ.

L'autre jour, en découvrant un bouton de rose tardif dans mon jardin, j'ai senti cet élan dans mon ventre, cette envie que je croyais disparue. J'ai décidé de planter des fleurs, beaucoup de fleurs au printemps prochain, et des arbres aussi. J'ai demandé à toutes les personnes que j'aime de choisir une espèce. Tristan a choisi un cerisier du Japon, en référence à Totoro, maman un liquidambar, pour sa couleur d'automne, Clément un mimosa. Pour toi, je l'ai déjà planté, il y a trois ans. Un araucaria du Chili. Chaque fois que je passe devant chez monsieur Mercier, je t'entends t'extasier devant l'immense araucaria. Tu n'aimais pas seulement sa prestance et sa hauteur, tu aimais aussi son surnom, le désespoir des singes, dû aux écailles sur ses branches, qui empêchent les singes de s'y accrocher. Il pousse lentement, à côté du toboggan défraîchi de Tristan. J'ai hâte d'être au printemps pour pouvoir planter les autres. Il est temps que je m'entoure aussi des vivants.

J'ai pensé que ça te ferait plaisir de savoir que l'envie revient, Papa. C'est plus beau que des chrysanthèmes.

51

Vincent n'aimait pas son oncle. Il ne le détestait pas non plus, c'était un sentiment à mi-chemin, un désintérêt, une indifférence. Il l'avait peu connu. Son oncle avait longtemps vécu loin, c'était ainsi qu'on le définissait, dans la famille : celui qui vivait loin. Il s'était rapproché de sa sœur – la mère de Vincent – une fois à la retraite, ses enfants et son ex-femme ne lui parlant plus. Il s'était installé à Cestas, dans une maison traditionnelle ceinturée par un immense parc. Il se consacrait à la chasse illégale de petit gibier sur son terrain, à la cuisine, à son potager et à la lecture. Plus jeune, Vincent était impressionné par cet homme charismatique dont le seul regard suffisait à lui faire redresser les épaules. Les rares fois où il l'avait croisé ces dernières années lui avaient laissé une autre impression, celle d'un homme colérique et aigri, désespérément seul, qui ne tolérait que son point de vue. Sa mort ne le touchait que parce qu'elle touchait sa mère.

Vincent gara la voiture sur l'une des places réservées aux clients :

— Tu crois que c'est ouvert ? Il n'est pas tout à fait quatorze heures.

— Ça a l'air allumé, répondit Monique. Tu devrais mieux te garer, tu dépasses un peu.

Il n'avait pas envie d'être là. Il le faisait pour elle, pour la soutenir. Son dernier passage dans une agence de pompes funèbres lui avait laissé un souvenir douloureux.

Elsa était en train d'avaler son dessert dans la salle de pause lorsqu'elle entendit le carillon tinter. Elle fustigea mentalement son collègue Joël qui, une fois de plus, était parti sans fermer la porte, essuya les commissures de ses lèvres, lécha le chocolat résiduel sur ses doigts, but une gorgée d'eau et se rendit dans la boutique.

Un homme accompagné d'une femme plus âgée, de dos, en train d'observer les plaques funéraires. Elle reconnut ses épaules, sa manière de les porter comme si elles ne lui appartenaient pas.

— Messieurs-dames, dit-elle.

Il reconnut sa voix, sa manière de la retenir comme si elle voulait la garder pour elle. Le temps s'arrêta un instant dans sa poitrine.

La Gironde comptait des dizaines d'agences de pompes funèbres, peut-être des centaines. La vie, le hasard, le GPS, quel que soit le foutu responsable, l'avait mené ici, une seule parmi tant d'autres, et c'était la sienne.

Trois ans plus tôt, elle s'était volatilisée. Il avait d'abord espéré la trouver dans la salle d'attente, puis la croiser dans la rue. Il avait ensuite fait des détours, pour s'attarder, l'air de rien, imaginant l'apercevoir dans son jardin. Il s'était inquiété. Il avait renvoyé un message, lui demandant de simplement lui dire si elle allait bien. Elle avait répondu : « Oui. Désolée. » Il s'était arrêté là.

Il la salua d'un signe de tête. Elle semblait gênée, elle évitait son regard. Elle les invita à s'asseoir, Monique prit place et la parole. Elle s'effondra en épelant le nom de son frère. Vincent lui prit la main.

— C'est mon fils, dit-elle à Elsa. Mon mari ne pouvait pas m'accompagner.

Elsa hocha la tête et posa ses yeux sur Vincent. Ils se sourirent, et ce sourire effaça trois ans de silence.

Elle avait changé. Ses cheveux étaient plus longs, plus clairs aussi, peut-être, ils tombaient sur ses épaules. Quand elle souriait, des rayons de soleil se formaient autour de ses yeux. Lui revinrent en mémoire la tempête, Jeff Buckley, les bougies, les deux molosses, et ces quelques secondes auxquelles Vincent avait souvent repensé, dont il s'était demandé si elles avaient existé, ces secondes suspendues, à l'heure de se dire bonne nuit, devant la porte de la chambre, ce regard qui s'étire, le silence qui flotte, son souffle sur son visage, le cœur qui s'accélère, et puis, soudain, lui qui choisit le canapé, et elle qui disparaît dans sa chambre.

Il observa Elsa pendant qu'elle accompagnait sa mère dans le choix d'un cercueil, elle maîtrisait son sujet, il la trouva sûre d'elle, à sa place, dans cette frontière mince entre la discrétion et l'éloquence.

— Celui en chêne me semble bien, dit sa mère. Qu'en penses-tu, Boulette ?

Effaré, Vincent fit comme s'il n'était pas le destinataire de la question et se concentra sur la contemplation des différents capitons. Ils n'étaient que trois dans la pièce, et il était évident que l'affectueux surnom n'était pas destiné à la conseillère funéraire. Il ne lui resta plus qu'à espérer que, au cours de ces trois ans, Elsa était devenue sourde.

— Avez-vous un avis ? lui demanda cette dernière avec un sourire qui ne laissait aucun doute quant à ses facultés auditives.

— Malheureusement, je m'y connais assez peu en bois de cercueil, répondit Vincent.

Elsa se tourna vers Monique :

— Si je peux me permettre, le chêne est un bois résistant, davantage adapté aux inhumations. Dans le cadre d'une crémation, je vous conseille un bois tendre, comme le pin ou le peuplier.

L'oncle avait exigé qu'il ne reste rien de lui, tout comme il s'était arrangé pour qu'il ne reste rien de son héritage pour ses enfants ingrats qui l'avaient lâchement abandonné, tout cela parce qu'il avait voulu leur éviter des désillusions en leur apprenant très tôt à encaisser les mots durs et les coups dans la gueule. Vincent se foutait bien qu'il parte dans des essences de sapin ou de bambou.

Monique opta pour le peuplier. Le cercueil en pin était considérablement moins cher, et des restes de réflexes économes l'orientaient vers ce choix, mais elle craignait de passer pour une sœur égoïste aux yeux du fantôme de son frère.

Plusieurs collègues d'Elsa entrèrent pendant l'heure que dura le rendez-vous. Chacun salua les deux clients avec déférence.

La date des funérailles fut fixée au vendredi suivant, à 9 h 30 au funérarium pour la mise en bière, puis à 10 h 30 au crématorium.

— L'idéal serait que nous ayons la tenue que vous souhaitez qu'il porte d'ici demain, expliqua Elsa en les raccompagnant.

— Je passe la choisir chez lui et je vous l'apporte dans l'après-midi, répondit la voix chevrotante de Monique.

Le carillon tinta lorsque la porte se referma. Elsa suivit Vincent des yeux jusqu'à ce qu'il disparaisse derrière le reflet du soleil sur le pare-brise de la voiture. Il était mal garé.

Christiane vint se planter à côté d'elle :

— Tu l'as reconnu ?

— Oui.

— C'est dingue ! J'ai son dernier livre dans mon sac, j'ai pas osé lui demander une dédicace, tu crois que j'aurais dû ?

Elsa se contenta de sourire. Sa collègue la regarda bizarrement.

Vincent conduisit sa mère chez son oncle et resta à ses côtés pendant qu'elle choisissait parmi ses dizaines de costumes gris celui qu'il porterait pour son dernier voyage.

— La cravate bleue, c'est bien, la cravate bleue, marmonna-t-elle pour elle-même. Il aimait bien le bleu. Quand on était petits, c'était sa couleur préférée.

Sa voix se brisa. Vincent la serra dans ses bras, mais elle se reprit rapidement. La pudeur guidait ses émotions. Elle était de ceux qui pleurent sans larmes.

Chaque fois qu'une voiture s'engagea sur le parking, Elsa jeta un coup d'œil à travers la vitre. Elles lui semblèrent plus nombreuses qu'à l'accoutumée, ou alors plus bruyantes. Il était 16 h 47 lorsqu'elle aperçut la voiture de Monique se frayer une place entre deux autres. Elle ferma la fenêtre ouverte sur son ordinateur, lissa entre ses doigts le col de sa chemise blanche et tenta de réfréner un enthousiasme peu adapté à la situation. La tâche fut plus aisée quand elle constata que Monique était seule.

52

L'oncle de Vincent quitta le monde en présence d'une dizaine de personnes, parmi lesquelles deux de ses enfants, les plus jeunes et les moins rancuniers, Véronique et David, que Vincent fut heureux de retrouver après tant d'années à n'échanger quelques mots qu'à l'occasion des anniversaires ou de la nouvelle année. Tandis qu'ils se remémoraient leur enfance, l'arbre tordu au fond du jardin dans lequel ils passaient des journées entières, le front ouvert contre le radiateur en fonte de la grand-mère le soir de Noël, les parties de Master Mind près de la cheminée, Vincent songea que les funérailles étaient le seul endroit où se mêlaient si sauvagement le chagrin et la joie, où l'on pleurait un absent tout en célébrant les présents.

Elsa n'avait aucune raison d'assister à la cérémonie. Pourtant, elle s'était arrangée pour accompagner

Christiane, qui n'avait pas opposé une grande résistance, ravie de découvrir que sa collègue aussi était fan du romancier.

Les proches du défunt s'installèrent dans la vaste salle barrée de rangées de chaises. Elsa, Christiane, Pierrot et Kader attendaient dans un coin, les mains derrière le dos.

Les regards n'étaient certes pas nombreux, mais ils avaient le mauvais goût d'être tous braqués sur eux.

Christiane déplia son discours et s'installa derrière le pupitre.

« Mesdames et messieurs,

Nous voici réunis pour célébrer la vie de Jacques et lui dire au revoir. Il était, selon les dires de tous, un homme bon et généreux. »

Du coin de l'œil, Vincent vit sa cousine lever les yeux au ciel. C'était Monique qui avait brossé le portrait de Jacques, afin de rédiger l'éloge funèbre. Malgré les années qui avaient façonné un être rude et égoïste, elle avait conservé une profonde affection pour son frère. Il était toujours resté ce garçon tendre qui se glissait dans son lit pour fuir ses cauchemars, qui lui offrait des bouquets de pâquerettes, cet adolescent qui la faisait rire avec ses imitations approximatives et sa mauvaise foi. « Rien n'efface les enfants, Vincent. Ils peuvent devenir les plus grands salopards, si tu les as aimés petits, tu les aimeras quoi qu'il arrive », avait-elle dit un jour.

Il s'était projeté dans un avenir où ses filles seraient devenues odieuses, s'était demandé s'il les aimerait autant, où se situait la limite, à quel point il était possible d'étirer les frontières de l'amour. Il avait pensé à tous ces parents de criminels qui pleuraient leur progéniture, qui clamaient leur innocence en dépit des preuves, qui niaient l'évidence pour continuer de les aimer. Il lui avait fallu admettre que, si Lou ou Joséphine se rendaient un jour coupables d'un meurtre, il serait sans doute le premier à leur filer un coup de main pour se débarrasser du corps.

Il prit la main de sa mère dans la sienne. Elle étouffa un sanglot.

Christiane poursuivait son éloge.

« … consacré trente ans de sa vie à la recherche médicale, c'était un passionné, qui ne comptait pas ses heures. Il aimait le sport, particulièrement le tennis et le vélo, il pouvait parcourir des dizaines de kilomètres chaque dimanche matin, avant même que ses enfants aient ouvert les paupières… »

L'âme humaine était ainsi faite qu'on pouvait être un connard tout autant qu'un saint, selon l'angle du reflet dans le miroir. Bercé par la voix douce de

Christiane, Vincent pensa à la complexité de l'existence, combien les mots pouvaient embellir les souvenirs. Puis son esprit dériva sur la pile qu'il devait absolument acheter après la cérémonie, sa montre ne fonctionnait plus, il était persuadé d'avoir une pile d'avance, mais évidemment il ne l'avait pas trouvée. Il en était à se demander s'il avait cherché partout, et dans les bons tiroirs, quand la tristesse lui tomba dessus. Elle dégringola du passé et vint s'écraser sur ses épaules, boum. Le choc fut si soudain qu'il pensa un instant que tout le monde l'avait entendu. Les larmes lui piquèrent les yeux. Son regard se posa sur le cercueil blanc, puis sur la vitre en arrière-plan, une immense baie vitrée qui courait sur toute la largeur de la pièce, quadrillée de fins croisillons blancs. Des arbres se tenaient là, derrière, en rangs serrés, les branches rousses, la mousse aux pieds, comme une assistance de curieux silencieux. Il en était un qui se détachait des autres, avec ses feuilles dorées en forme d'éventails et ses bras tendus vers le ciel. Vincent laissa ses larmes rouler. Il s'était renseigné, depuis la dernière fois, quand ce même arbre jaune n'avait pas quitté ses pensées. Il s'agissait d'un Ginkgo Biloba, une espèce existant depuis plus de deux cents millions d'années, souvent millénaire, la seule qui aurait survécu à Hiroshima. Chaque fois qu'il en avait croisé un, depuis, il y avait vu un signe. Il avait grandi, gagné en épaisseur. Il avait pris vingt-cinq ans, lui aussi. Combien de regards noyés l'arbre avait-il accueillis ? Combien de diversions avait-il offertes ? En arrivant au crématorium, Vincent savait que des souvenirs l'y attendaient et risquaient de le percuter. Il n'avait pas imaginé que ce serait dans un feuillage doré que lui apparaîtrait l'absence de Margaux.

« Véronique, la fille de Martin, a choisi de lire un texte en son honneur. »

Elsa entendit Pierrot marmonner :

— Elle s'est plantée. Elle a dit Martin.

— Jacques, Martin, c'est du pareil au même, répliqua doucement Kader.

Elsa les fusilla du regard. Kader pouffa intérieurement en répétant « Jacques Martin ». C'était un talent que les employés des pompes funèbres développaient rapidement, ça se passait au fond des yeux, rien dans le visage ou la posture ne révélait l'hilarité interne.

Véronique regagna sa place après avoir lu, sans émotion apparente, un adieu à son père. Christiane reprit la parole.

« À présent, nous allons écouter une chanson que Jacques aimait particulièrement. Je vous invite à prendre le temps de vous recueillir en vous remémorant vos souvenirs heureux avec lui. »

La voix de Michel Sardou s'éleva. Elsa leva la tête, ses yeux rencontrèrent ceux de Vincent ; il pleurait. Elle lui tendit un sourire, il était trop loin pour des kleenex.

53

Personne ne s'éternisa. Malgré l'invitation de Monique et son mari à déjeuner chez eux, les cousins de Vincent reprirent la route sans attendre. Le couple de voisins qui avaient fait le déplacement laissèrent un mot sur le registre et repartirent.

— Tu veux qu'on reste un peu pour récupérer l'urne ? proposa Vincent à sa mère.

— Non, ça va prendre des heures. La dame des pompes funèbres m'a dit qu'ils me préviendront quand elle sera prête. Tu viens manger avec nous ?

— Si tu en as besoin, je viens. Sinon, je préfère rentrer chez moi.

— T'es sûr que ça va aller ?

Depuis l'intérieur du bâtiment, Elsa les vit s'étreindre. La mère ébouriffa les cheveux de son grand garçon et lui colla un long baiser sur la joue. Ils se dirigèrent ensemble vers le parking. Vincent se retourna et balaya les alentours du regard. Elsa lui fit un geste de la main, mais il ne la vit pas.

54

Depuis que Tristan avait son permis, Elsa ne le voyait plus que lors de rares alignements de circonstances particulières. Ce soir était l'un de ces alignements : il était fatigué par un interminable rhume, à sec sur son compte bancaire, et en froid avec son mec. Vautré sur le canapé, l'écran de son téléphone si près de son visage qu'il devait sentir sa propre haleine, il comptait sur sa chère maman pour le dorloter.

Elsa avait d'autres plans, parmi lesquels amener Tristan vers l'autonomie et la responsabilité, et, afin de corréler ses actes à cet ambitieux projet, elle le couvrit d'un plaid et lui prépara un lait chaud au miel pour sa gorge.

— Tu veux me raconter ce qui s'est passé avec Mathieu ? lui demanda-t-elle en s'asseyant à côté de lui.

— Pas la peine, c'est vraiment fini.

Elle laissa la place au silence, elle savait d'expérience que son fils se braquait si elle se montrait trop pressante.

— Il a envoyé des dick pics à un autre mec, finit-il par lâcher.

— Des quoi ?

— Des dick pics.

Elsa hocha la tête d'un air entendu, comme si elle savait bien de quoi il retournait. La dernière fois qu'elle avait avoué à son fils ne pas comprendre son langage, elle en avait entendu parler pendant dix jours.

— Tu lui en veux d'avoir envoyé des diquepiques ou de les avoir envoyées à ce garçon en particulier ? tenta-t-elle en espérant que la réponse l'éclairerait.

Tristan se redressa :

— Tu aimerais que ton mec envoie des photos de sa teub à quelqu'un d'autre ?

L'éclairage avait eu lieu, avec une précision qui lui fit déplorer son ignorance.

Son fils la fixait, attendant manifestement qu'elle lui donne son avis.

— Vous en avez discuté ?

— Tu rigoles ? Si je le croise, c'est des photos de carpaccio qu'il pourra envoyer.

Elsa regretta d'avoir tant de facilités à mettre des images sur des mots. Elle sut que ce jour marquait la fin de sa vision innocente des carpaccios.

— Tu ne veux pas d'explication ? demanda-t-elle.

— C'est mort, répondit Tristan. Qu'il aille se faire foutre.

Sa voix flancha. Il avait les pommettes rouges, comme chaque fois qu'il s'apprêtait à pleurer. Mathieu était son premier amour, et cette histoire portait toutes les illusions, les désillusions, l'innocence et la cruauté des premières fougues.

Elsa ne dit rien. Elle savait qu'à dix-huit ans, on croyait les parents issus d'une époque lointaine, et qu'on ignorait qu'ils avaient un jour été ces gamins inconsolables qui croyaient leurs parents issus d'une époque lointaine. Elle lui prit simplement la main et lui proposa une autre cuillerée de miel.

— Et toi, maman, t'as quelqu'un ?

Elle ne s'y attendait pas. C'était la première fois que son fils s'intéressait à sa vie personnelle. Depuis la séparation avec son père, dix ans auparavant, elle ne lui avait présenté aucun homme. Elle en avait rencontré trois.

Le premier sur un site dédié. Elle était fraîchement séparée et effrayée par la solitude. Le deuxième qui avait engagé la conversation l'avait alpaguée. Elle ne voyait que leurs différences, et elles étaient nombreuses, pas une seule n'avait pourtant suffi à mettre un terme à cette relation. Il s'en était chargé pour elle, sans même le lui dire, en bloquant son numéro de téléphone et son profil sur le site. Elle avait passé plus de temps à s'en remettre qu'avec lui.

Elle avait rencontré le deuxième lors de la toute première réunion parents-profs du collège. Sa fille était dans la classe de Tristan, ils se retrouvaient un week-end sur deux, celui où ils n'avaient pas leurs enfants. Mais la relation n'avait jamais quitté la chambre, et elle s'était évanouie, sans heurt ni peine, quand il avait déménagé en région parisienne pendant les grandes vacances.

Le troisième lui avait été mis dans les pattes l'année dernière par Sonia, lors d'un dîner qu'elle ne savait pas arrangé. C'était le seul qu'elle avait failli présenter à Tristan, avant d'apprendre qu'elle n'était pas la seule à prévoir de lui présenter ses enfants.

Son fils attendait sa réponse.

— Je n'ai personne. Je crois que je ne suis pas douée pour l'amour.

— Encore moins que pour la cuisine, tu crois ?

— Je crois que je suis meilleure en cuisine.

— Putain.

— Arrête de dire des gros mots.

— Je suis majeur, maman.

— Tu vis encore sous mon toit.

— Tu veux que j'aille les dire dans le jardin ?

— Ah Ah. Je préfère que tu n'en dises pas.

— Il est bien ce livre ?

Tristan saisit le livre posé sur la table basse et lut le résumé :

— « Émilie vient de perdre sa mère. Paul ne se remet pas d'un drame survenu vingt ans plus tôt. Leur point commun ? Leur psychiatre, perdu dans la campagne normande. Chaque mercredi, dans la salle d'attente austère, ces deux êtres écorchés se croisent. » Merde alors, ça se vend la déprime ? L'histoire a l'air éclatée au sol.

— Elle est plutôt belle, pourtant, répondit Elsa en se levant.

Elle attrapa son téléphone, fit défiler ses messages, et tendit l'écran vers Tristan.

— Qu'est-ce que tu répondrais à ça ?

Son fils s'empara de l'appareil et parcourut le texto.

« Salut Elsa,

J'espère que ta barrière va bien, et, accessoirement, que toi aussi.

Je t'embrasse. **Bise.**

Vincent »

Il haussa les épaules :

— Chais pas, c'est banal comme message, tu peux juste répondre à ce qu'il te demande. Et lui suggérer de t'embrasser un peu moins.

— Je reformule. Qu'est-ce que tu répondrais à ce message, trois ans après l'avoir reçu ?

55

« Salut Vincent,

Ma barrière est réparée, et moi aussi. L'une a eu besoin de plus de temps que l'autre.

Je serais heureuse de te revoir, même sans orage.

Je t'embrasse. Big bisou. Smack. Kiss.

Elsa. »

Le message s'afficha sur l'écran alors que Vincent cherchait des explications claires sur le théorème de Pythagore. Il avait naïvement songé que la fin des études sonnerait le glas de sa relation glaciale avec les mathématiques, sans envisager qu'un jour, il serait ce père qui devrait faire mine d'être un expert en géométrie et algèbre.

— Laisse tomber Papa, si tu sais pas c'est pas grave, lâcha Lou en refermant son cahier.

— Alors je connais parfaitement le théorème de Pythagore, c'est limpide dans mon esprit, c'est juste que je ne vois pas comment te l'expliquer.

— Je vais appeler maman. Elle est bonne en maths.

Vincent sentit la lame de la trahison déchirer sa chair, Lou éclata de rire :

— J'aurais dû filmer ta tête ! Ça marche à tous les coups.

— Pas du tout, marmonna Vincent. Sache juste que ta mère a eu son bac au repêchage.

— Toi t'as carrément loupé ton BTS ! s'esclaffa la jeune traîtresse.

Joséphine, qui assistait à la scène depuis le canapé, se marra à son tour. Vincent était cerné et n'eut d'autre choix que d'abdiquer, non sans brandir une dernière fois les armes :

— Je ne l'ai pas loupé. J'y ai volontairement renoncé.

Il s'éloigna sous l'hilarité de ses filles et prit le temps de relire le message d'Elsa.

« Salut Vincent,

Ma barrière est réparée, et moi aussi. L'une a eu besoin de plus de temps que l'autre.

Je serais heureuse de te revoir, même sans orage.

Je t'embrasse. Big bisou. Smack. Kiss.

Elsa »

L'espace d'un instant, il se demanda si un SMS pouvait mettre trois ans à arriver à destination.

Il s'en était passé, des choses, depuis ce soir de tempête. Il avait gratté ses cicatrices dans le cabinet du docteur Chaumet. Des mois durant, il y avait déversé ses ombres. Il avait raconté Margaux, son absence, et tout ce qu'elle avait engendré. Sa mort avait été une déviation imposée, l'événement fondateur du Vincent adulte. Elle était le point de bascule de son existence, l'élément de datation. La grande Histoire se situait « avant Jésus-Christ » ou « après Jésus-Christ », la sienne se situait « avant » et « après Margaux ».

La thérapie l'avait délesté du poids d'une montagne. Pierre après pierre, dans l'intimité de ces murs, il avait déposé son chagrin, épuisé sa culpabilité.

Un jour, l'air avait semblé plus doux dehors, il pouvait de nouveau faire confiance à l'amour.

Il avait vécu deux ans avec Lucie. Quand il n'avait pas ses filles, il la rejoignait à Paris, dans son petit appartement du onzième, où une étagère vide attendait ses affaires. Il lui avait fallu du temps pour se laisser aimer, elle le lui avait donné. Des sentiments s'étaient développés, lentement. Un attachement, une tendresse. Ils s'entendaient bien. Vincent s'était dit que c'était suffisant, il avait revu à la baisse sa définition de l'amour, ce mot si simple qu'on habille trop grand, il s'était persuadé que la passion n'était plus de son âge, que le frisson, le manque et l'empressement étaient réservés aux candides, que sa tête aimait plus sûrement que son corps, et que c'était très bien ainsi. Pendant deux ans, il s'était endormi dos à elle.

Lucie l'avait quitté de face, un dimanche matin. « Tu n'as rien à te reprocher, lui avait-elle dit en vidant son étagère. J'ai juste eu un coup de foudre, ça ne s'explique pas. » C'était la première fois qu'il n'endossait pas l'entière responsabilité d'une rupture. Il l'avait remerciée, ils avaient fait l'amour une ultime fois, sans doute la plus douce de toutes. Aux dernières nouvelles, elle était toujours avec l'autre auteur.

Il avait souvent pensé à Elsa, à cette nuit d'orage où, loin de tout, il s'était senti au bon endroit.

Il y avait pensé comme on pense à un rendez-vous manqué.

« Salut Elsa,

Content pour ta barrière, et pour toi.

Je serais heureux de te revoir aussi. Il se trouve que dans trois ans j'ai un truc de prévu, mais si tu peux la semaine prochaine, je suis disponible.

Je te serre la main,

Vincent »

56

Depuis la rentrée de septembre, Vincent se trouvait dans ce qu'il nommait le tunnel de l'écriture. Cette période succédait à une autre, étendue sur plusieurs mois durant lesquels l'idée, après s'être fichée dans son esprit, avait maturé, lancé ses toiles, créé des arborescences, était devenue si obsédante qu'il n'avait eu d'autre choix que de s'en délester en la jetant sur son clavier. Il écrivait tout le temps, quand les filles étaient à l'école, chez leur mère, dans ses insomnies, au lit, sur le canapé, sur la cuvette des toilettes, dans le train. Même quand il n'écrivait pas, les personnages ne quittaient jamais totalement son esprit, si bien qu'il lui arrivait de parler d'eux comme s'ils existaient vraiment, et alors ses filles échangeaient des regards lourds de sens.

— T'es vraiment chelou, lui avait encore récemment dit Lou.

— Sans vouloir paraître offensant ma chérie, lui avait-il répondu, ce n'est pas moi qui ai râpé mes chaussures contre le crépi parce qu'elles paraissaient trop neuves.

Lou avait haussé les sourcils, Joséphine avait renchéri :

— Et c'est pas lui non plus qui écoute Jul. Il est éclaté au sol.

— Et ta mère, elle est éclatée au sol ? avait grogné Lou.

Vincent avait demandé à ses filles de se parler gentiment et de laisser leur mère en dehors de tout ça. Plus tard, il avait cherché la signification de « éclaté au sol », et en avait finalement conclu que c'était une définition tout à fait pertinente pour la qualifier.

Certains jours, il ne parvenait à écrire que trois phrases, qu'il finissait par supprimer à la relecture. D'autres, les mots trouvaient leur pulsation, les pensées distançaient les doigts sur le clavier. Il n'avait jamais été confronté au syndrome de la page blanche et ne s'en inquiétait pas : pour écrire, il lui fallait ressentir une urgence. Si un jour elle se dérobait, il n'écrirait plus. Tout simplement. Écrire juste pour le plaisir n'était pas dans ses cordes, il n'y logeait ni distraction ni passe-temps. Pour Vincent, l'écriture restait vitale et douloureuse, elle ne trouvait sa place que par nécessité. Il déposait dans chaque histoire un morceau de lui, et il avait le sentiment, de livre en livre, de le puiser chaque fois plus profond. Son précédent roman s'était apparenté à une torture. Pour être au plus juste, il avait exhumé des souvenirs fossilisés, qu'il avait jusque-là soigneusement ignorés. Il les avait fait revivre, elle, et le lui d'alors. Cela n'avait pas eu l'effet cathartique attendu, mais sa thérapie avait compensé. Il s'en était tiré avec un lumbago, une conjonctivite et une otite, son corps étant moyennement subtil en matière de messages subliminaux.

Ce roman avait frôlé la catastrophe industrielle. Enhardie par des chiffres jusque-là en constante ascension, sa maison d'édition n'avait pas lésiné sur le lancement. Cinq cent mille exemplaires avaient été imprimés, son nom placardé en lettres capitales dans toutes les gares, sa trombine, délestée de cernes mais réhaussée de cheveux étonnamment touffus, s'était affichée sur chaque bus de chaque rue de chaque ville. Il était passé à ça de devoir se trimbaler avec une pancarte à son effigie et de déclamer des chapitres sur les places publiques. L'effet le plus probant avait été remarqué sur sa mère, qui lui avait écrit : « Heureusement que je te croise à tous les coins de rue, ça me rappelle que j'ai un fils quelque part. »

Le mardi soir suivant la parution, le champagne avait été sabré : les premiers chiffres étaient excellents, au-delà des prévisions, une réimpression avait été lancée. La dégringolade entamée dès la deuxième semaine avait été vertigineuse, et rien n'avait pu la contrarier. Toutes les causes avaient été envisagées : la couverture, le titre, la date de sortie (entre deux ponts), l'état du marché culturel, mais aucun n'avait voulu entendre la théorie de Vincent, qui pensait pourtant qu'elle était la seule valable : le texte n'avait pas plu aux lecteurs. Ce roman-là, qu'il était allé chercher dans un endroit encore à vif, avait suscité un moindre engouement et des commentaires chargés de déception.

Contrairement à ce qu'il avait toujours affirmé, ce désamour l'avait perturbé. Il avait beau s'y être préparé à chaque nouvelle parution, il avait passé plusieurs jours à résister à l'envie de s'excuser sous les commentaires négatifs, de promettre qu'il ferait mieux la prochaine fois. Il n'avait pas répondu aux appels de son éditrice par peur de percevoir la déception dans sa voix aussi. C'est le docteur Chaumet qui avait mis un terme à son état, lors de l'une de ses rares prises de parole :

— Si je comprends bien, ce qui vous touche, c'est la déception des autres.

— C'est ça.

— Mais vous, que ressentez-vous ?

— Je suis heureux d'avoir écrit ce livre. C'est mon texte le plus personnel. Il est très important pour moi.

— N'est-ce pas ce qui compte ?

— Sans doute. Ce qui est drôle, c'est qu'en le relisant, pour la première fois, je n'ai pas éprouvé cette honte à l'idée de le rendre public. Contrairement à tous les autres, je ne me suis pas dit qu'il n'allait intéresser personne. Je dois même avouer que j'étais plutôt fier de moi.

— Qu'en déduisez-vous ?

— Je crains d'avoir des goûts de merde.

— Ce n'est pas impossible.

Vincent butait sur la même phrase depuis vingt minutes.

Un SMS lui fit sortir la tête de son écran d'ordinateur. Il avait oublié de mettre son téléphone en mode avion.

Elsa :

« Salut Vincent,

Tenté par un concert de Jeff Buckley ce soir à Bordeaux ? Personne ne veut m'accompagner, je crois me souvenir que tu aimes sa musique. »

Vincent :

« Salut Elsa,

Heureux d'être ton premier choix ! Jeff a eu une permission de sortie de tombe pour l'occasion ? »

Elsa :

« Il sous-traite à des petits jeunes. Je ne garantis pas la qualité, mais ça peut être sympa.

(Tu étais mon premier choix, mais je préfère te laisser croire que j'ai une vie sociale débridée.) »

Vincent :

« J'avais un rencard avec mon canapé, mais pour te rendre service je vais annuler. Il est un poil possessif, j'espère qu'il me pardonnera. »

Elsa :

« Ta bonté te perdra. »

Ils ne s'étaient pas revus depuis les obsèques de l'oncle de Vincent. Après s'être séparés sans se dire au revoir, chacun avait pensé qu'il serait sympa de se recroiser, un de ces jours, et ce « sympa » avait une gueule d'euphémisme.

Depuis le message d'Elsa, ils en avaient échangé quelques autres, avancé chaque mot sur la pointe des pieds. Ils se tenaient à la lisière d'une relation qui les emporterait vers des territoires sur lesquels ils n'étaient pas sûrs de pouvoir s'aventurer, mais desquels ils étaient moins sûrs encore de vouloir s'éloigner.

Ils se donnèrent rendez-vous devant un bar planqué dans une ruelle près de la place Gambetta. Une grappe de jeunes fumait devant l'entrée. Elsa fit signe à Vincent, il la rejoignit sous le porche.

— J'ai l'impression d'être un très vieux monsieur, dit-il en avisant la moyenne d'âge.

— Ne sois pas si dur envers toi. Mais sache qu'en ce moment, pour un cercueil acheté, on offre une plaque gravée.

— C'est toujours un tel bonheur de te voir.

— Pour moi aussi ! Cent quarante caractères maximum, la gravure.

— On va commencer, vint les informer un jeune homme aux cheveux longs.

Elsa hocha la tête :

— C'est mon fils, dit-elle. Le bassiste du groupe. Tristan, je te présente Vincent, un ami.

Ils se serrèrent la main brièvement, puis tous trois pénétrèrent dans le bar.

Pendant plus d'une heure, dans cet endroit quasiment vide mais très chargé en déco, Elsa et Vincent subirent des reprises qui auraient poussé

Jeff Buckley à se suicider s'il n'était pas déjà mort. Conscients que l'absence d'autres humains dans le public concentrait l'attention sur eux, ils firent montre d'un enthousiasme exemplaire. Il fallait souvent attendre la fin d'un titre pour le reconnaître, mais ils tapaient énergiquement dans leurs mains, secouaient la tête sur un rythme aléatoire, et intériorisaient remarquablement leurs grimaces à chaque fausse note.

Le calvaire prit fin en même temps que le concert, et Elsa, aussitôt imitée par Vincent, offrit un tonnerre d'applaudissements aux jeunes musiciens, qui hochèrent vaguement la tête en guise de remerciement, comme si c'était bien là la moindre des choses.

— C'était vraiment chouette, tenta Vincent, une fois sur le trottoir.

— Tu rigoles ? répliqua Elsa. J'ai cru que ça n'allait jamais s'arrêter. Même mon accouchement m'a semblé moins long.

Vincent afficha son soulagement.

— Heureusement que Jeff Buckley n'a fait qu'un album, une minute de plus et mes tympans se barraient sans moi.

— Ah, c'était du Jeff Buckley ? (Elle étouffa un rire dans sa main.) N'empêche, le bassiste était formidable.

— Absolument. Le pauvre, obligé de jouer sur un instrument désaccordé. Le chanteur, en revanche, n'a aucune excuse.

— T'es dur. Je l'ai trouvé plutôt bon, pour une alarme de voiture.

— Oh merde, t'es pire que moi.

— C'est ça ou je renie mon fils. J'espère qu'il est meilleur en cuisine, sinon il va finir en taule.

— Cela dit, c'est un talent rare. J'ai compté une seule note juste de tout le concert.

— Quand ils ont dit au revoir ?

Ils rirent comme deux sales gosses, Tristan sortit à ce moment-là. Il alluma une cigarette, sa mère toussa.

— C'était pas terrible, hein ?

— Tu plaisantes ? s'écria Elsa. C'était génial ! Franchement, chapeau ! Vous assurez, les mecs !

— Maman, y a beaucoup trop de points d'exclamation, t'en fais des caisses. Et plus personne ne lève ses pouces quand il dit « génial ».

— Bien sûr, vous pouvez peut-être vous améliorer encore, mais c'est un très bon début, mon chéri.

Vincent vint à son secours :

— C'était vraiment pas mal. Vous avez particulièrement assuré sur « Grace », j'ai adoré. Tu sais qu'il a écrit ce titre juste après avoir quitté sa petite amie à l'aéroport, un jour de pluie ?

— Ah ouais ? fit Tristan. Je savais pas. (Il se tourna vers sa mère.) M'attends pas, on va sortir un peu. Je dormirai chez Pierre ou chez Axel.

— Bon… Tu fais gaffe, pas de voiture en ayant bu, hein.

— Maman.

— Tu m'appelles si tu veux que je vienne te chercher. Je préfère faire la route que te savoir dans une situation dangereuse.

— Maman, t'es vraiment reloue. Merci d'être venue !

Il l'embrassa sur la joue, salua Vincent, puis retourna vers l'entrée du bar. Elsa regarda Vincent :

— Tu crois qu'il le prendrait mal, si je lui criais « Je t'aime » ?

— Je pense qu'il adorerait, surtout si tu lui lances un éthylotest en même temps.

Imaginer la scène leur suffit, et ils décidèrent qu'il était plus sage de quitter les lieux. Ils remontèrent la rue du Palais Gallien et commandèrent un kebab qu'ils mangèrent sur un banc de la place Gambetta. Salade, tomates, oignons pour lui ; sans oignon pour elle, au cas où. Il y avait bien longtemps qu'Elsa n'avait pas vu Bordeaux dans les lueurs du soir, la musique au loin, les rires des filles en talons, le brouhaha des terrasses, les cheveux statufiés des garçons, les sillages de parfums, les insultes, les moteurs des scooters, les groupes qui marchent en cadence, les chiens qui aboient, celui qui regarde sa montre, celle qui le rejoint en courant. L'époque où elle était l'une de ces filles en retard lui avait rarement semblé si proche.

— Je peux te poser une question ? interrogea Vincent.

— C'est rarement bon signe, quand on demande.

Il y eut un silence.

— Oublie, dit-il en secouant la tête. Je veux pas te gêner.

— Je suis navrée de t'apprendre que c'est loupé. Pose ta question, je veux savoir maintenant !

— Promets-moi d'y répondre que si tu en as envie.

— Cette introduction est beaucoup trop longue, monsieur l'écrivain.

— Elsa, pourquoi tu as disparu, il y a trois ans ?

Elle avait redouté la question à l'instant où il avait demandé l'autorisation de la poser. Elle croqua dans son sandwich et mâcha longuement, laissant à son cerveau le temps d'élaborer un prétexte crédible, puis décida qu'il avait droit à la vérité.

— Je n'allais pas bien. J'étais engluée dans le deuil de mon père, je ne supportais rien ni personne. Je passais mon temps à dormir et à pleurer. La douleur était infranchissable.

Elle sentit les larmes lui piquer les yeux. Vincent lui prit la main. Elle ne la retira pas.

— Quand t'as sonné chez moi, le soir de la tempête, j'ai eu envie de te buter. Je me sentais incapable de supporter ta compagnie toute une soirée.

— Je me souviens bien, fit Vincent en souriant. Un instant, la foudre m'avait paru plus chaleureuse.

— Ce soir-là, j'ai passé le meilleur moment depuis longtemps.

Vincent cacha sa surprise et la laissa poursuivre :

— Tu m'as offert les deux choses dont j'avais terriblement besoin : de l'humour et de la gentillesse. Je me suis dit ça, quand tu es parti le lendemain.

Elle se tut. Il attendit un peu, et parla à son tour.

— Je pensais vraiment avoir merdé quelque part. Je me suis refait le film des dizaines de fois, pour essayer de comprendre.

Elsa secoua la tête :

— J'ai culpabilisé de me sentir si bien avec toi. À cette période, je culpabilisais dès que je n'étais pas en boule dans mon lit.

Il y eut un silence.

— Je n'étais pas prête, lâcha-t-elle dans un souffle.

Elsa fixait un arbre au bout de la place. Vincent suivait des yeux une voiture au hasard. Il faillit ajouter qu'il avait pensé à elle, souvent, pendant ces trois ans ; elle faillit dire qu'elle avait espéré le croiser chaque fois qu'elle était passée devant la gare, mais ils parlèrent plutôt de la pluie qui se mit opportunément à tomber.

— Viens, dit Vincent en se levant, je connais un endroit où s'abriter.

Ils marchèrent, puis coururent quand l'averse devint déluge, longeant les façades pour profiter de la protection des courtes avancées de toits, évitant les flaques d'une précédente ondée. Il l'entraîna dans un pub irlandais, la chaleur les attrapa à peine la porte ouverte. Ils n'étaient pas les seuls à avoir eu l'idée, une foule compacte était massée à l'intérieur, tandis que, sur une scène en hauteur, une femme chantait en s'accompagnant d'une harpe et d'un groupe de musiciennes, au clavier, au violon et au bodhrán.

Ils commandèrent à boire et se faufilèrent parmi le public. Ils trouvèrent un petit espace libre à gauche de la scène, assez près pour voir les doigts de la chanteuse danser sur les cordes. Elsa était subjuguée par ce ballet mélodique, par les envolées lyriques, par l'atmosphère qui régnait dans le pub. Une vibration dans son sac, elle l'ouvrit, jeta un coup d'œil au message sur son téléphone. « Moi aussi, je me sens bien avec toi. » Vincent continuait à admirer le concert, l'air de rien. Ils restèrent jusqu'à la fin, pour la musique, pour la chaleur, pour leurs corps qui se frôlaient.

Il était une heure du matin quand Vincent raccompagna Elsa à sa voiture, dans un parking souterrain qui sentait l'herbe et la pisse. Elle le déposa au pied de son immeuble.

La pluie battait le pare-brise, les essuie-glaces la repoussaient vaillamment. Une voiture arriva derrière eux. Vincent détacha sa ceinture, attrapa son blouson sur le siège arrière et ouvrit la portière. Ils se dévisagèrent, un halo doré se reflétait sur le visage d'Elsa, elle tendit le bras et caressa sa joue. La voiture klaxonna. Il posa sa main sur la sienne, embrassa sa paume, sortit et claqua la portière.

Elle écouta Jeff Buckley tout au long du trajet. Repensa à cette anecdote sur « Grace », écrite après avoir quitté sa petite amie dans un aéroport. À ses lèvres dans le creux de sa main. À sa façon de sourire l'air de rien. Se gara dans son jardin. Attrapa son téléphone et envoya un message à Vincent.

« Je suis prête. »

57

Vincent :

« Je vais à un salon du livre à Brive ce week-end. Ça te tente ? »

Elsa :

« Je suis ton premier choix ? »

Vincent :

« J'ai juste demandé à mon meilleur ami, ma mère, ma voisine et mon boulanger. Ne pinaille pas. »

Elsa :

« C'est le salon dont tu m'as parlé, où tous les auteurs finissent en boîte de nuit ? »

Vincent :

« C'est bien lui. Il s'en passe de belles sur la piste, et en plus la bouffe est dingue. »

Elsa :

« C'est moche de me prendre par les sentiments. »

58

La Foire du livre de Brive était le salon littéraire le plus couru de l'année. S'y pressaient auteurs et éditeurs dans un train spécialement affrété pour l'occasion, surnommé « le train du cholestérol » en raison des victuailles que l'on y servait abondamment. Vincent fut sur place dès le samedi matin, Elsa devait l'y rejoindre dans l'après-midi.

Une file de lecteurs l'attendait déjà lorsqu'il se rendit sur le stand de sa maison d'édition en compagnie de Mathilde. Il salua les libraires et les auteurs présents, puis s'installa derrière les piles de livres qui se dressaient devant lui, ultime rempart à sa timidité.

Les deux premières lectrices étaient une mère et sa fille. Elles venaient le saluer à chacune de ses séances de dédicaces ici. C'était un rendez-vous tacite entre eux, il était heureux de les revoir, et encore plus de les reconnaître. Il lui avait fallu trois ans pour y parvenir. C'était ainsi, un talent inné, Vincent pouvait regarder un film jusqu'au générique avant de réaliser qu'il avait confondu deux personnages, il lui était arrivé de passer à côté de son médecin de famille au rayon légumes et de l'ignorer sincèrement. À quinze ans, alors qu'il attendait sa nouvelle petite amie à l'arrêt de bus (après avoir passé toute la journée de la veille en sa compagnie) (sans doute trop proche pour la voir clairement, mais en sa compagnie tout de même), il avait vu une jeune fille avancer vers lui, s'était demandé si c'était elle, avait décidé, d'après le sourire qu'elle lui offrait, que c'était bien elle, même si, à bien y regarder, l'autre paraissait plus brune. Ce n'était pas elle, celle-là voulait simplement connaître l'heure de passage du bus, et en plus l'autre lui avait posé un lapin. Ses lèvres s'étaient retrouvées dans le vide, et lui ridicule, et cela n'avait été que le début d'une longue série de moments de solitude. Pendant ses études, alors qu'il vendait des sandwiches dans un camion durant les fêtes de Bayonne, il s'était rendu compte de l'ampleur du problème : entre l'instant où il prenait la commande et celui où il la tendait au client, sa mémoire avait été secouée comme un écran magique et il ne trouvait plus le visage auquel s'adresser. Il avait appris, par la force des choses, à saluer une personne comme s'il savait exactement qui elle était. La tâche se compliquait quand il devait présenter ladite personne à quelqu'un. Grâce aux séances de dédicaces, il s'était rendu compte que sa mémoire était également hermétique aux prénoms.

Il fut heureux de voir Sylvia et Juliette, donc, et les salua chaleureusement. La mère lui tendit son dernier roman :

— Je viens de le finir. Je l'ai adoré, comme toujours.

— Merci beaucoup, Sylvia.

Elle sourit, touchée qu'il se souvienne.

— Je le dédicace pour vous deux ? demanda-t-il.

Elles hochèrent la tête. Il n'aimait rien tant que savoir que ses livres se partageaient, se lisaient ensemble, provoquaient la discussion, l'échange, la rencontre.

« Pour Sylvia et Juliette,

Merci pour votre présence depuis le début. Je suis heureux que cette histoire vous ait plu. À bientôt !

Amitiés,

Vincent »

Son écriture était encore fluide, ses lettres bien formées. À la fin de la journée, elle ressemblerait davantage à un électrocardiogramme.

— Merci beaucoup ! dit Juliette en saisissant l'exemplaire qu'il leur tendait. Mais moi c'est Charlotte.

Ainsi débuta la journée.

Les discussions s'enchaînèrent. S'il ne retenait ni les prénoms ni les visages, l'émotion de ces rencontres ne se faisait jamais la malle.

Il partit déjeuner avec son éditrice, son téléphone dans la main pour ne pas manquer l'arrivée d'Elsa. L'excitation de sa venue ne le quittait pas depuis des jours.

C'est au retour d'un repas gargantuesque qu'il la repéra dans une allée, le nez en l'air, sans doute en train de chercher son nom sur une affiche. Elle lui sembla plus petite qu'à l'accoutumée, noyée dans la marée humaine. Il eut envie de la serrer contre lui.

Elle le vit alors qu'il avançait vers elle. Des gens l'observaient en chuchotant, le prenaient en photo. Il lui parut plus petit que d'habitude, englouti par cette attention tournée vers lui. Elle eut envie de le serrer contre elle.

Ils se firent la bise.

Il l'entraîna vers son stand, lui présenta toutes les personnes qui s'y trouvaient, puis lui désigna la chaise qu'il avait installée à côté de lui :

— Si tu veux, tu peux t'asseoir là.

— D'accord.

— Mais tu peux aussi aller voir des conférences, des auteurs, ou alors poser tes affaires dans ta chambre, si tu préfères.

Elle tira la chaise :

— Non, là, ça va très bien. Je vais pas te gêner ?

— Je suis content que tu sois là.

Elle sourit. Le libraire rouvrit la file, une dame s'avança vers Vincent.

— C'est pour ma fille, dit-elle en lui présentant le livre.

— D'accord, elle s'appelle comment ?

— Lola.

Afin de personnaliser un minimum la dédicace, il demanda si elle connaissait déjà ses romans ou si c'était une découverte.

— Elle les a tous lus, répondit-elle. Moi, aucun.

— Vous la remercierez pour moi ?

— D'accord. C'est vous sur la photo ?

Elle désigna le portrait accroché au-dessus de lui, qui indiquait la place de chaque auteur. Il acquiesça.

— Ils font des prouesses avec Photoshop.

Soufflé par la phrase autant que par l'attitude souriante et tout à fait amicale de la dame, il ne sut que répondre. Elsa manqua de s'étouffer dans son écharpe.

Juste après, un jeune homme, rouge de chaleur et d'émotion, souffla :

— Ma maman a eu un cancer l'année dernière. Elle adorait vos livres. Moi, je ne les connaissais pas. Tous les jours, j'allais la voir à l'hôpital, et je lui lisais plusieurs chapitres, jusqu'à ce qu'elle s'endorme. On riait, on pleurait, ce sont des moments inoubliables. Il me reste ça, maintenant qu'elle n'est plus là.

La gorge d'Elsa devint douloureuse. Elle s'était souvent demandé, parfois avec un poil de dédain même si elle s'en défendait, qui étaient ces gens qui avaient des heures à perdre pour aller à la rencontre d'un auteur. Elle les assimilait à ces adolescentes fans de chanteurs coréens qu'elle voyait à la télé, sans les comprendre davantage. Ces rencontres étaient unilatérales, l'écrivain récoltait les louanges, et les lecteurs, après avoir longuement piétiné pour atteindre leur idole, repartaient heureux d'avoir été gratifiés d'une signature et d'un sourire automatique.

En moins d'une heure, elle avait revu sa position. Ce à quoi elle assistait, cette attente patiente, ces mercis gratuits, c'était un acte d'amour. Autour d'elle, dans ces allées chargées de livres, ils étaient des milliers à venir rencontrer celles et ceux qui les avaient emportés dans leur univers, arrachés quelques heures à la réalité, dans l'unique dessein de leur rendre la pareille.

Vint le tour d'une femme, aux alentours de quatre-vingts printemps. Les larmes déjà dehors. Elle prit les mains de Vincent dans les siennes, avec la force de celle qui a vécu.

— Merci, merci pour tout. Vous n'imaginez pas le bonheur que vous m'apportez, Vincent. N'arrêtez jamais, je vous en supplie. Vous êtes un magicien.

L'émotion submergea Vincent, il revit sa chère mamie, ses gâteaux à la fleur d'oranger, il fit durer le moment, conserva les doigts noueux dans ses paumes, écouta la voix usée. Il chercha le regard d'Elsa pour y puiser de la force, il y trouva une fuite d'eau.

Quand la vieille dame partit, l'inondation avait gagné tout le monde, la libraire était en larmes, le voisin de table de Vincent était en larmes, le groupe d'amies qui attendaient leur tour était en larmes. Vincent songea que, avec des personnes comme cette vieille dame, l'humanité n'était pas foutue.

Mathilde, qui s'occupait de réguler la file d'attente, fonça sur lui, l'air inquiet :

— Ça va ? Qu'est-ce qu'elle t'a fait ?

— Elle m'a bouleversé.

— Tu te fous de moi ?

— Non, pourquoi ?

— Elle a été odieuse avec tout le monde. Ça fait une heure qu'elle poireaute, une heure qu'elle te défonce la gueule : tu prends tout ton temps, tu parles trop, tu as le toupet de faire une pause pour aller pisser et une autre pour déjeuner, elle ne te lira plus, de toute manière tes livres sont de moins en moins bons. Bref, elle a été horrible, j'en reviens pas que cette Tatie Danielle se soit fait passer pour la petite mamie adorable.

Derrière elle, deux jeunes femmes acquiesçaient aux propos de Mathilde. Vincent éclata de rire. C'était la meilleure anecdote de salon, il se promit de la raconter un jour dans un livre. Tant pis pour l'humanité.

Il en avait une autre, à bien y réfléchir. Lors de l'une de ses toutes premières dédicaces, il avait eu pour voisin de table un certain Jérôme Delon, un auteur qui rassemblait dans ses livres ses deux passions : le polar et les alexandrins. Vincent avait été subjugué de voir qu'on pouvait faire rimer « hémoglobine » avec « gourgandine » dans un vers à douze pieds. Un homme d'une soixantaine d'années s'était arrêté devant lui, avait regardé la couverture de son livre, puis son visage, puis la couverture de son livre :

— Jérôme Delon… Vous êtes la fille d'Alain Delon ?

— Pardon ? avait demandé l'auteur, persuadé d'avoir mal entendu.

L'homme avait paru agacé :

— Eh bien, vous êtes la fille d'Alain Delon ? Oui ou non ?

Jérôme avait lancé un regard effaré à Vincent, qui n'en finissait plus de rire, et avait répondu :

— Oui, absolument.

L'homme était reparti, satisfait.

Elsa resta assez longtemps pour assister à une centaine de rencontres. Les allées se dépeuplaient peu à peu, elle en profita pour s'y balader. Elle reconnut des noms, des visages vus à la télé, des couvertures de livres. Elle s'arrêta devant l'une d'elles, l'un de ses romans favoris, dans son panthéon personnel. L'auteur était là, seul derrière sa table. Elle lui tendit le livre.

— Vous vous appelez comment ?

— C'est pour Sonia. Ma meilleure amie.

Elle l'observa tracer les lettres, signer, lui rendre le roman.

— C'est un chef-d'œuvre. Un de mes livres préférés.

— Merci beaucoup.

Elle lui en tendit un second.

— Pour Elsa, s'il vous plaît.

59

Vincent regagna son hôtel en début de soirée. Comme chaque fois qu'il quittait une séance de dédicaces, il était aussi vidé qu'empli. Ces moments réparaient le gamin anxieux qui se sentait seul, différent des autres, l'ado aux idées noires qui se levait la nuit pour écrire des poèmes qui criaient sa peur de grandir. Pendant longtemps, il avait cherché sa place en vain, emprunté aux autres style, langage, idées, blagues, attitude. Il avait étouffé son encombrante sensibilité pour être accepté. Dans ses livres, il ne se cachait plus. On le trouvait éparpillé dans les personnages, dans les anecdotes, dans les pensées. Quand il entendait tous ces gens lui raconter l'écho que ses mots rencontraient dans leur vie, il se sentait moins seul. Parfois, il avait même le sentiment que tous les humains, sous leurs apparentes différences, étaient liés par des émotions communes.

Elsa était rentrée plus tôt. Elle en avait profité pour prendre possession de sa chambre et se préparer pour la soirée. Vincent lui avait laissé le choix : dîner avec tout le monde ou en tête à tête. Elle n'avait pas hésité longtemps. Par la fenêtre, elle le vit marcher sur le trottoir, capuche sur la tête, dos courbé, puis disparaître à l'intérieur de l'hôtel. Un souvenir surgit, même image, autre décor, trois ans plus tôt, dans la rue du docteur Chaumet.

Sous la capuche, Vincent était en proie au doute. Et si c'était une mauvaise idée de l'avoir fait venir ?

Ils se rendirent dans un restaurant excentré, les autres étant pris d'assaut en ce week-end de foire. La façade était sombre et l'enseigne pas de prime jeunesse, mais le lieu leur importait peu.

C'était la première fois qu'ils se retrouvaient en tête à tête au restaurant. Ça ne disait pas son nom, mais ça avait la tronche d'un rencard.

— Pas trop crevé ?

— Ça va. C'est euphorisant, toutes ces rencontres. Faudra juste m'aider à couper ma viande.

Elsa sourit. La serveuse déposa la carte et prit la commande de l'apéritif.

— Ça te fait quoi ? lui demanda-t-elle. T'as pas peur de prendre le melon ? Moi, si on me répétait sans cesse « Vous êtes formidable », « Merci d'exister », « Vous êtes extraordinaire », j'aurais un assistant pour tenir ma tête.

— Je porte fréquemment une minerve.

Elsa éclata d'un rire franc. Vincent reprit, plus sérieux :

— Je l'ai un peu redouté, au début. Mais j'ai une image de moi nettement plus lucide que les gens qui ne me connaissent pas. Je suis râleur, pas super courageux, il m'arrive de dire du mal, d'en faire, aussi… Je me replie dans mes textes, ce qui n'est jamais simple pour mes proches. Je sais pas changer une roue, je sais pas dire « Je t'aime », j'ai le charisme d'une bite au repos et je suis le mec le plus feignant de l'univers. Voilà pour les grandes lignes, ça limite les risques de prendre le melon. Tu veux toujours qu'on dîne ensemble ?

— T'as oublié un défaut.

— Lequel ?

— T'es plus moche en vrai qu'en photo.

L'incertitude de Vincent explosa. Il était heureux qu'elle soit là. Son passé faisait de la résistance, lui envoyait des doutes, des appréhensions, mais, cette fois, il se sentait prêt à s'en défaire.

La serveuse déposa les verres devant eux et leur demanda s'ils avaient choisi. Ils n'avaient même pas consulté le menu.

— Et toi, tu ne t'es pas ennuyée ? demanda-t-il alors qu'Elsa tentait de se concentrer sur la carte.

— Merde, tu m'as entendue ronfler ?

— J'ai cru un instant que c'était un marteau-piqueur, mais…

Elle ferma la carte :

— J'ai vraiment passé un bon moment.

— Tant mieux.

Un couple s'installa à la table voisine. Une soixantaine d'années, main dans la main. Chaque fois qu'elle était témoin de signes d'affection chez des personnes d'un certain âge, Elsa imaginait qu'il s'agissait d'un couple illégitime ou récent, avant de mesurer le pessimisme de son raisonnement.

— T'es pas le mec le plus feignant de l'univers, annonça Elsa.

— Ah ? Tu connais mieux ?

— Mon père. Quand j'étais petite, il en avait marre de se lever pour changer de chaîne – y avait pas de télécommande à l'époque –, il avait fabriqué une espèce de bras télescopique qui permettait d'atteindre les boutons de la télé sans se lever.

— Je m'incline. J'ai trouvé mon maître.

Elsa sourit. Ces derniers mois, elle n'évoquait son père qu'auprès des personnes qui l'avaient connu. Elle ressentait une sorte de connivence, ils étaient liés par un absent commun. S'ils l'avaient connu, ils l'avaient forcément aimé. Et, s'ils l'avaient aimé, il leur manquait aussi. C'était un trait d'union qui lui permettait de se sentir moins seule dans le silence du manque. Vincent ne l'avait pas connu, pourtant, comme lors de ce soir d'orage des années plus tôt, elle ressentait le besoin de lui parler de lui.

— Il s'appelait comment ?

— Michel.

La question l'étonna. Il était d'usage de ne pas nommer les morts en présence de leurs proches. Quand on était forcé de les mentionner, ils devenaient pronoms personnels, impersonnels. En s'appelant il ou elle, plutôt que Michel ou Margaux, leurs contours restaient flous. On les chuchotait, on prenait une tête de circonstance, et on ne savait jamais très bien, de la tête ou de la circonstance, laquelle était la plus triste. Vincent n'avait pas baissé le volume, pas plus qu'il n'avait froncé les sourcils. Il avait oublié gants, pincettes et camouflage, il avait tiré Michel du silence, et dans son regard doux, Elsa abandonna ses inquiétudes.

— Mon père aussi s'appelle Michel, dit-il.

— Ah oui ? En réalité, c'était Jean-Michel, son prénom, mais il préférait la deuxième partie.

Ses larmes rappliquèrent, effet immédiat quand elle pensait à lui. Malgré les années, c'était resté. Comme un interrupteur caché dans un recoin de son cerveau, qui commandait ses glandes lacrymales dès que son père traversait ses pensées. Vincent poussa son verre et entoura la main d'Elsa de la sienne. La femme de la table voisine n'en perdit pas une miette.

— J'ai lu ton précédent livre, murmura Elsa. Je crois que tu connais bien cette douleur.

Il ne chercha pas à nier. Aux journalistes, il avait prétendu qu'il s'agissait d'une histoire tirée de son imagination.

— Elle s'appelait Margaux, souffla-t-il. On avait vingt et un ans.

Elsa entrelaça ses doigts aux siens. Il s'y accrocha.

— Je suis désolée.

— Je suis resté sonné pendant un an. J'ai peu de souvenirs de cette période, mais je sais que je ne sortais de chez moi qu'en cas de nécessité absolue. Tout me heurtait. Plus rien n'avait de sens. J'écoutais de la musique, j'écrivais, je regardais des programmes débiles à la télé. J'ai perdu mon job et pas mal de potes. Quand j'ai repris mes esprits, j'ai posé un mouchoir sur l'accident. Si je n'y pensais plus, il ne me ferait plus souffrir. J'ai déménagé, j'ai rendu toutes ses affaires à ses parents, j'ai juste gardé sa guitare et nos photos. Dehors, rien n'avait changé, pourtant tout était différent. J'ai remarqué à quel point le soleil chauffait la peau, j'ai découvert le bruissement des feuilles dans le vent, mes sens étaient exacerbés, je voyais le monde à travers les yeux d'un nouveau-né, et tout, même la chose la plus insignifiante, que je n'aurais jamais remarquée avant, me semblait sublime. Ça n'a pas duré, en tout cas pas à ce point. Mais je m'émeus encore d'un nuage tordu ou d'une vidéo de baleines. Finalement, ce jour-là, j'ai découvert simultanément que la vie était belle et qu'elle était friable. Ça donne un grand bordel dans ma tête, plein de sentiments contradictoires, c'est ce qui a construit celui que je suis devenu.

Elsa se sentait proche de ceux qui avaient perdu quelqu'un, comme si un lien douloureux les unissait tous. Ils détachèrent leurs mains pour accueillir leurs plats, qui venaient d'être servis – c'était plus pratique avec les deux.

— Je connais pas encore beaucoup celui que tu es devenu, mais j'entrevois quelqu'un de doux, de profondément gentil. Je crois que c'est ça qui me touche tant chez toi. En dehors de ta lâcheté et de ton charisme de bite au repos, bien sûr.

Le couple de la table voisine tourna la tête de concert. Vincent rit. Elsa, qui avait dû se faire violence pour se livrer autant, ne se laissa pas déconcentrer et poursuivit :

— Chez moi, c'est ça le truc qui a le plus changé depuis la mort de mon père : je n'aspire plus qu'à la douceur, à la tendresse. C'est pour ça que je me sens bien avec toi.

L'hypothalamus de Vincent envoya un signal à son système nerveux autonome. Ses vaisseaux se dilatèrent pour faire face à l'augmentation de la pression sanguine. Ses battements cardiaques accélérèrent, ses doigts furent secoués de légers tremblements. Sa respiration se fit plus courte, plus rapide. L'afflux sanguin fit rougir ses joues, il eut chaud. En un mot comme en cent, Vincent fut ému.

— Si j'avais mis ça dans un roman, tu l'aurais trouvé mièvre, dit-il.

— J'aurais détesté, sourit Elsa.

La serveuse ne laissa pas à Vincent le temps de répondre sérieusement. Elle débarrassa les assiettes et proposa un dessert. Ils convinrent d'un regard que leur dîner était terminé, et se levèrent pour aller payer. La femme de la table voisine se pencha vers Vincent :

— Vous devriez prendre l'île flottante.

— Non merci, je n'ai plus faim.

Elle lui adressa un sourire complice :

— Vous savez, l'île flottante, comme dans votre dernier livre.

Vincent comprit quel passage elle évoquait, mais surtout qu'elle l'avait reconnu.

— Ça vous ennuierait de m'écrire une petite dédicace ? J'aime beaucoup vos romans ! Je réveille mon mari tellement je ris, pas vrai, Philippe ?

Philippe acquiesça. Vincent remercia la femme – faire rire les lecteurs était décidément ce qu'il préférait – et sortit un stylo de la poche de son blouson.

— Vous avez un papier ?

— J'ai mieux ! fit-elle en brandissant un exemplaire, qu'elle avait dissimulé sous sa serviette.

Alors qu'il se penchait au-dessus de la table pour écrire la dédicace, son regard tomba sur le sac de la femme. À l'intérieur, il reconnut les livres de plusieurs autres auteurs, et comprit qu'elle l'avait suivi, tout comme elle avait dû suivre les autres ou prévoyait de le faire.

— Merci beaucoup, lança-t-elle joyeusement quand il eut fini.

— Je vous en prie. Bonne fin de soirée ! répondit Vincent en rejoignant Elsa à l'accueil.

— Monsieur Privat ! le rappela la femme.

Il se retourna. Elle lui adressa un clin d'œil appuyé :

— Promis, je ne parlerai à personne de votre charisme.

60

Ils passèrent au Cardinal. Vincent tenait à honorer la promesse faite à Mathilde, et Elsa était curieuse de se retrouver dans une boîte de nuit, après plus de vingt ans sans y mettre un pied.

Une foule compacte s'agitait sur la piste. Vincent salua plusieurs personnes, leur présenta Elsa – une amie –, avant de repérer son éditrice au fond de la salle. Il saisit la main d'Elsa et ils se frayèrent un passage dans la forêt d'aisselles malodorantes.

« Un peu plus près des étoiles », chantait le DJ sur la musique.

— Vinceeeeent ! hurla Mathilde en lui sautant au cou.

Elle tituba jusqu'à Elsa et l'enlaça à son tour.

— Fais attention à mon ami ! cria-t-elle pour couvrir la musique. Faut pas lui briser le cœur.

Ils burent un verre, restèrent le temps de trois chansons modernes – « L'Aventurier », « Confidence pour confidence », « Ella, elle l'a » –, durant lesquelles Elsa eut le loisir de constater que Vincent dansait comme un métronome, puis décidèrent tacitement qu'il était temps de partir.

Ils venaient de franchir la porte quand une voix interpella Vincent.

— Tu rentres ?

C'était une femme brune, jolie. Elle fit la bise à Elsa :

— Lucie, enchantée.

— Elsa, enchantée aussi.

Vincent ne l'avait pas revue depuis leur séparation. Elle enfila son manteau et passa son sac sur son épaule.

— On est au même hôtel, dit-elle. Ça vous dérange si on fait la route ensemble ?

Ils rentrèrent à pied. C'était une nuit sans lune, le ciel était criblé d'étoiles. Lucie parlait. Vincent se demandait ce qu'Elsa ressentait. Elsa se demandait ce que Vincent ressentait.

Ce n'était pas le retour qu'il avait imaginé.

— T'écris en ce moment ? l'interrogea Lucie.

— Oui.

— J'ai lu le dernier. Originale, cette histoire d'amour qui commence chez un psy. Ça fait rêver.

— Merci.

Il y eut un silence.

— Vous écrivez ? finit-elle par demander à Elsa.

— Pas du tout, répondit-elle en riant. Je travaille dans les pompes funèbres.

— Ah. C'est étonnant.

— Oui, pourtant c'est un point de chute assez fréquent.

— Vous êtes d'ici ? De Brive ?

— Pas du tout non plus.

— Mais, vous vous êtes connus ce soir ?

Vincent vint à sa rescousse :

— Elsa est une amie, elle m'a accompagné pour le week-end.

— C'est super ! s'exclama Lucie avec un enthousiasme excessif.

Ils arrivèrent à l'hôtel.

Sonnèrent.

Remercièrent le veilleur qui leur ouvrit.

Empruntèrent l'ascenseur.

Le quittèrent tous au deuxième étage.

Se souhaitèrent une bonne nuit et se séparèrent.

61

Vincent accrocha son manteau au dossier du fauteuil. Il n'avait rien imaginé, pour la fin de soirée, mais s'il s'y était hasardé, la séparation aurait été moins brutale.

Il se demanda si ça se faisait, d'aller frapper à sa porte, de lui envoyer un message, de lui proposer un dernier verre. Il se le demanda sans raison, puisque, même si la réponse avait été positive, il n'était pas équipé pour ce genre d'exploit. Il n'avait jamais su draguer. Pourtant, dans le reflet de la fenêtre de sa chambre d'adolescent, il n'avait pas ménagé ses efforts pour se forger une attitude, une posture, un regard ténébreux. Il avait pris pour modèle Dylan, héros de la série *Beverly Hills*, dont toutes les filles parlaient à la récré, et qui maniait l'art du sourcil désabusé comme personne. Une fois, une seule, il avait tenté une approche. En troisième, Magali. Il n'y était pas allé à l'aveugle, il avait attendu qu'un faisceau d'indices concordants assure ses chances, parmi lesquels des confidences faites à ses amies, des sourires, et surtout un petit mot griboullié sur une page froissée : « Je veux bien sortir avec toi », la probabilité qu'il récolte un refus était égale à la tête à Toto, pourtant, en s'approchant d'elle, il avait senti tout le courage péniblement rassemblé depuis des jours tirer sa révérence, ses mots s'étaient emmêlés, il n'était parvenu qu'à ânonner un pauvre « Salut, ça va ? », elle avait attendu la suite, il avait espéré qu'elle vienne, rien d'autre n'était venu, Magali avait pris son bus, et lui la décision de ne plus jamais se fourrer dans une telle situation.

Elsa envoya valser ses chaussures à l'autre bout de la chambre et s'étala sur le lit. Elle avait imaginé pas mal de choses, pour cette fin de soirée, et un « Bonne nuit » lancé à la sortie de l'ascenseur n'en faisait pas partie. Elle se sentit triste, infiniment triste, sans en identifier la cause. Elle se demanda ce qu'il penserait, si elle allait frapper à sa porte. Si seulement elle avait un bon prétexte.

Il enleva ses baskets, les rangea contre le mur. Il était une heure du matin, ce n'était pas plus mal, après tout, qu'il dispose de quelques heures pour dormir. Il lui était arrivé d'assumer des séances de dédicaces en déficit de sommeil, par conséquent, des lecteurs possédaient dans leur bibliothèque des livres uniques en leur genre. Le plus fameux restant à ce jour un :

« Cher Daniel, je vous souhaite.

Amitiés, Vincent Privat. »

Ledit Daniel était revenu l'année suivante, l'exemplaire en main, et lui avait dit avec amusement : « Trois heures d'attente pour ça, vous avez l'art du suspense, monsieur Privat. »

On frappa doucement à la porte. Vincent ouvrit en redoutant Lucie. C'était Elsa.

Elle se tenait face à lui, les bras ballants :

— Je me suis dit que t'avais sans doute peur de l'orage.

— Il y a un orage ? J'ai pas entendu.

— Non. Il n'y en a pas.

Il sourit et referma doucement derrière elle. Leva la main pour lui caresser la joue. N'osa pas aller jusqu'au bout du geste. Se frotta la nuque.

Elle fit le pas qui les séparait et posa sa tête contre son torse. Il referma ses bras sur elle. Elle leva le visage vers lui, il le prit entre ses mains. Embrassa son front, tendrement. Ses tempes. Ses paupières. Son souffle caressait sa peau. Ses lèvres baisèrent ses joues. Glissèrent dans son cou. Ses mains s'enfouirent dans ses cheveux. Elle bascula la tête en arrière. Il couvrit sa gorge de baisers, remonta, doucement, tout doucement. Prit ses lèvres. Prit sa langue.

Ils dormirent l'un contre l'autre, dans leurs vêtements du jour. Repus de douceur. Gavés de tendresse.

62

Vincent n'avait pas fermé le rideau. Le soleil s'infiltra dans la chambre et darda ses rayons sur ses paupières. Il était beaucoup trop tôt, mais il ne put retrouver le sommeil. Elsa dormait profondément, blottie contre lui, la tête posée sur son bras. Vincent sentit sa main engourdie au point d'en être douloureuse. Il ne la réveilla pas. Il respirait son haleine sur ses lèvres. Il avait dormi face à elle.

63

Il parvint à dégager son bras sans la réveiller. Il prépara ses affaires en silence et se rendit dans la salle de bains. La porte grinçait, il l'ouvrit millimètre par millimètre et la referma de la même manière. Dans le miroir, il croisa un sourire.

L'eau de la douche réveilla Elsa. Il lui fallut quelques secondes pour se situer, jusqu'à ce que son regard tombe sur le blouson accroché à la chaise. Elle approcha sa main de sa bouche et souffla dedans. Elle retira son jean, ses chaussettes, ouvrit les boutons de sa chemise jusqu'au nombril, et se dirigea vers la salle de bains.

Vincent, nu comme un ver, serviette autour du cou, penché au-dessus du lavabo, se brossait les dents. Lorsqu'il vit la porte s'ouvrir dans le reflet du miroir, il arracha brusquement sa serviette et la brandit devant son intimité.

— Pardon, j'aurais pu frapper, fit-elle en riant.

— Et louper ce spectacle mirifique ? Quel dommage.

— Tu comptes y aller dans cette tenue ?

— Ça va pas ? Je vais quand même enfiler mes baskets.

— Tu vas créer une émeute.

Vincent rit pour masquer sa gêne. Il n'avait jamais considéré son corps comme un atout. Trop mince. Trop grand. Des épaules voûtées. Il n'avait pas ménagé ses efforts pour développer sa musculature, mais la seule récompense qu'il avait gagnée était une tendinite de l'épaule dont il avait mis deux ans à se débarrasser.

— T'as raison, répondit-il en se marrant, avec mon corps de lâche je vais attirer les foules.

Elsa tendit le bras et caressa son torse.

— Je le trouve beau, ton corps.

Elle saisit la serviette, la fit tomber au sol, et se pressa contre lui.

Une longue file d'attente se tenait devant l'emplacement de Vincent. Il traversa la salle au pas de course, se frayant un chemin parmi les visiteurs déjà nombreux.

— Désolé ! lança-t-il à ses lecteurs. Je ne retrouvais pas mes clés.

À l'instant où l'excuse franchit ses lèvres, il mesura son ineptie. Mathilde vint l'embrasser et lui chuchota :

— Tu as du dentifrice sur la joue.

Il reçut des chocolats, un dessin, deux livres, de la confiture, plusieurs lettres. Il écrivit à des filles, des mères, des maris, des sœurs, des pères, des amies, la Foire de Brive avait lieu un mois avant Noël, les livres dédicacés étaient des cadeaux prisés. Il entendit des histoires émouvantes, drôles, terrifiantes, merveilleuses, soporifiques, révoltantes, des histoires de famille, de deuil, d'amitié, de renoncement, d'exclusion, de reconstruction, d'amour. Il ne pensait qu'à elle.

Elle regagna sa chambre et traîna au lit. Elle entama un livre qu'elle avait acheté la veille. Elle avait prévu de prendre la route vers midi, quand il faudrait rendre la chambre. Elle reposa le livre après avoir lu trois fois la même phrase.

Il avait laissé sa valise à la bagagerie de l'hôtel. Il était convenu qu'il la récupère avant de prendre le train pour Paris, où il était censé passer deux jours à travailler avec Mathilde.

Il était en pleine rédaction d'une dédicace pour une certaine Alice quand il prit la décision. Il attendit qu'elle soit partie pour envoyer son message.

Vincent :
« On fait la route ensemble ? »

Elsa :
« Ça y est, tu ne peux plus te passer de moi. »

Vincent :
« C'est juste en cas de crevaison. Je pourrai changer la roue. »

Elsa :
« Alors je t'attends. Pour rien au monde je ne manquerais ce spectacle. »

Elle se balada dans les rues de Brive, grignota un sandwich, s'assit sur un banc alors qu'elle n'avait aucune envie de s'asseoir, simplement parce que l'arbre qui le surplombait projetait sur son bois vert des ombres tachetées de lumière. À l'approche de l'heure dite, elle entreprit de regagner la voiture, le nez en l'air, la tête ailleurs.

Elle s'était engagée sur le passage piétons machinalement, sans prêter attention au bonhomme rouge et à la voiture qui arrivait. Le bruit d'un freinage brusque l'arracha à sa rêverie. Elle resta tétanisée au milieu de la rue. Elle eut juste le temps de voir la voiture foncer sur elle.

Elsa ferma les yeux.

Un homme qui promenait son chien se précipita vers elle et l'entraîna de toute sa force vers le trottoir.

— Merci, balbutia-t-elle sans lâcher sa manche à laquelle elle s'était agrippée.

— Faut faire attention, la sermonna-t-il. Ce trou de balle aurait pu vous tuer !

L'expression fit surgir un souvenir.

Elle a treize ans, elle regarde un épisode de *Walker Texas Rangers* avec son père. Son frère joue sur le canapé avec ses GI Joe. Sur l'écran, des plongeurs découvrent au fond de la mer l'épave d'un bateau dont la coque est criblée de balles. « Tous ces trous de balle ! » s'exclame son père, avant de se rendre compte de ce qu'il vient de dire. Ils partent d'un fou rire, un de ceux qu'on n'oublie jamais, avec les larmes qui coulent et les abdos en feu. Clément veut comprendre, il demande qu'on lui explique, mais il est trop petit. C'est un secret entre Elsa et son père. Les années qui suivent, chaque fois qu'ils pourront placer « trou de balle » dans une conversation, ils le feront.

— Je dois y aller, pouvez-vous me lâcher, madame ?

Elsa dévisageait son sauveur sans réagir, il avait les mêmes sourcils fournis, qui rebiquaient et formaient presque des boucles. Ils s'en moquaient, avec son frère, ils disaient qu'il pouvait en faire des tresses.

— Il faut me laisser partir, insista l'homme plus fermement.

Elle détacha ses doigts malgré elle, et le regarda s'éloigner. La vie autour reprit son pas.

Elle saisit son téléphone et rédigea un message.

« Je te laisse partir, mais reste dans le coin. Je t'aime pour toujours. »

La réponse fut immédiate.

« Votre message à “Papa” n'a pu être distribué. Le numéro n'est pas attribué. »

Vincent traînait sa valise sur les trottoirs cabossés. Elle le ralentissait. Elsa l'avait prévenu qu'elle était stationnée à deux rues de l'hôtel. Il passa devant un banc à l'ombre d'un arbre, grignoté par le soleil. Il songea qu'il était comme lui. Que le soleil le grignotait. Dans sa tête, les « mais » faisaient moins de bruit.

Elle déverrouilla la voiture en le voyant approcher et indiqua « La maison » au GPS.

Il rangea sa valise et son blouson dans le coffre, et s'installa sur le siège passager.

Il portait le même sweat à capuche que la première fois qu'elle l'avait vu, dans la salle d'attente.

Un instant, en écoutant le vacarme dans sa poitrine, elle regretta d'avoir perdu trois ans.

Elle mit le contact, lança une playlist. Jeff Buckley se mit à chanter. Ils prirent la route.

L'homme au chien s'était assis sur son banc. À cette heure, il était baigné d'ombre et de lumière. Il y restait dix minutes, parfois vingt. Pas plus. C'était le laps de temps durant lequel il s'autorisait quotidiennement à penser à sa fille. Il tremblait encore. La jeune femme qu'il avait aidée à traverser la lui avait rappelée. Elle aurait eu son âge, à peu près. Une voiture blanche passa devant lui.

Elsa l'aperçut. Elle sentit ses joues chauffer, ouvrit la vitre. Le ciel lui parut plus grand.

— On va où ? demanda-t-elle en se dirigeant vers la sortie de la ville.

— On rentre à Bordeaux, non ?

— Je ne parlais pas de ça.

Il la regarda, ses cheveux dansaient, soulevés par le vent.

— J'ai pas de plan, Elsa. Je sais juste que je veux être avec toi.

— OK. Alors on y va.

64

Elsa fut la première sur place. Poussa la porte. Gravit les marches. Ne sonna pas. S'installa sur la chaise près de la fenêtre. À travers la cloison, elle entendit la voix familière. Elle lança un jeu sur son téléphone.

Vincent remonta la rue sans se hâter. Il voulait faire durer cet avant qui resterait dans sa mémoire. Il marchait vers quelque chose d'important. Il monta l'escalier, plus essoufflé qu'à son habitude, et s'imposa une grande inspiration avant d'ouvrir.

Il s'assit sur la chaise face à celle d'Elsa.

— Vous avez l'heure ? lui demanda-t-il en fixant la montre qu'elle avait au poignet.

— Non, répondit-elle avec autant d'agacement qu'elle le put. Mais vous êtes très en avance, vous empiétez sur mon rendez-vous.

Il lui tendit un paquet :

— J'ai un cadeau pour vous.

Elle l'ouvrit en tentant de masquer son excitation. C'était une montre. Bracelet noir, large cadran rond. Il dit :

— La vôtre est déréglée, vous avez trois ans de retard.

Le docteur Chaumet essayait de rester focalisé sur les souvenirs d'enfance de madame Mimosa, pourtant son esprit s'envolait irrémédiablement vers la soirée de la veille, durant laquelle il avait reçu Liliane à dîner pour la première fois. Depuis qu'il était entré dans la soixantaine – et que sa femme avait décidé de continuer la route sans lui – il se sentait distrait, moins impliqué, et la perspective de mettre un terme à son activité n'était plus aussi inconcevable qu'auparavant. Il s'était récemment surpris à surfer sur des sites d'agences immobilières basées en Provence, où il s'était toujours imaginé couler une retraite bien méritée. Son cardiologue lui avait imposé une heure de marche quotidienne, après son dernier accident, il se voyait bien l'effectuer dans la garrigue de son enfance. Peut-être que Liliane accepterait de le suivre.

Des rires dans la salle d'attente mirent fin à ses projets.

— Veuillez m'excuser, dit-il à madame Mimosa en se levant.

Elle était son dernier rendez-vous, il en était persuadé. Personne n'était censé attendre une autre consultation. Un patient avait dû se tromper de jour, cela arrivait de plus en plus. Les gens avaient la tête trop chargée, les données s'inversaient. À moins que ce ne soit encore les gamins de la dernière fois, dans ce cas il faudrait faire pression sur le syndic pour installer un interphone. Il était sorti trop tard, ils étaient déjà partis. C'est par la fenêtre qu'il les avait vus s'enfuir, hilares, avec une chaise. Une chaise ! La jeunesse d'aujourd'hui le dépassait.

Vincent sursauta quand le docteur Chaumet ouvrit la porte de la salle d'attente.

— Bonjour docteur, dit Elsa.

— On allait justement partir, fit Vincent en se levant.

— Puis-je vous demander ce que vous faites là ? s'enquit le psychiatre, surpris de reconnaître deux anciens patients.

Elsa répondit très sérieusement :

— On rejouait notre première rencontre.

— Elle était loupée, précisa Vincent.

— Je ne comprends rien. Mais je suis en consultation, vous ne pouvez pas rester ici.

— Pardon, on s'en va ! dit Vincent en passant la porte.

— On ne pensait pas être aussi bruyants, ajouta Elsa en s'engageant après lui. Bonne continuation, docteur. Et merci pour tout !

Le docteur Chaumet entendit leurs rires dévaler l'escalier. Il prit le temps de les regarder s'éloigner à travers la vitre, puis il rejoignit madame Mimosa en essayant tant bien que mal de masquer son sourire.

Épilogue

Vincent remonta la rue sur ses longues et fines jambes. Chaque fois qu'il passait devant le cabinet du docteur Chaumet, il ne pouvait s'empêcher de sourire.

Au loin, il entendit le tonnerre gronder. C'était la deuxième fois en l'espace de quelques minutes, le son semblait se rapprocher. Il releva sa capuche et vérifia dans le sac que les galettes étaient bien protégées. Il avait pris les deux sortes. Tristan préférait la frangipane, ses filles adoraient la briochée. Depuis toujours, Joséphine récoltait les gros grains de sucre du bout du doigt pour les enfouir dans sa bouche. Ils arriveraient aux alentours de quinze heures, cela lui laissait le temps de tout préparer.

Par la fenêtre de sa chambre, Elsa vit le ciel s'assombrir. La cime des pins était chahutée par le vent. Elle avait hâte que les enfants arrivent. Elle prit son téléphone et envoya un message à Tristan.

« Fais attention sur la route, il y a un gros orage qui se prépare. Bisous. »

Il répondit immédiatement.

« Ici le ciel est dégagé. Ne t'inquiète pas, c'est Seb qui conduit. Tu sais que c'est un pilote. »

Elle entendit la porte claquer. Quelques secondes plus tard, Vincent se faufila dans la chambre :

— Qui vous a permis d'entrer ? s'amusa Elsa.

— Je fais ça chaque fois qu'un orage approche, répliqua-t-il en s'allongeant à ses côtés.

Il prit appui sur son avant-bras, son visage tout près du sien, à portée de cils.

— Ça commence à souffler dehors, murmura-t-il en la prenant dans ses bras.

— Oui, et j'adore ça, répondit Elsa.

Il embrassa son front, tendrement. Ses tempes. Ses paupières. Ses lèvres baisèrent ses joues, ramassèrent ses larmes.

— Tu pleures, chuchota-t-il.

— De bonheur.

— Je t'aime tellement.

Il posa sa tête sur sa poitrine. Il aimait écouter la vie battre là-dessous. Elle lui caressa les cheveux. Ils s'endormirent en même temps.

Des coups à la fenêtre les réveillèrent. Leurs enfants les regardaient en se marrant. Tristan se lança dans un mime.

— Je crois qu'il dit que la porte est fermée à clé, dit Elsa.

— Je propose qu'on les laisse dehors.

— Tire donc les rideaux.

Vincent se leva et s'exécuta. Ils rirent comme deux adolescents.

— Allez, va leur ouvrir, ils m'ont manqué.

Vincent quitta la chambre.

Elsa s'assit au bord du lit et lissa le col de sa chemise.

Elle entendait les griffes de la chienne qui faisait la fête sur le parquet. Les voix emplirent la maison. Deux petites filles se ruèrent dans ses bras :

— Mes chéries ! Je suis si heureuse de vous voir !

— Nous aussi ! dit la plus grande.

— Tu as des bonbons ? demanda la petite.

La grande lui fit les gros yeux. Elsa caressa leurs cheveux blonds. Le crâne chauve de Tristan apparut dans l'encadrement. Il dévisagea sa mère un long moment et se frotta la tête.

— Viens donc embrasser ta vieille mère.

Il déposa un long baiser sur son front. Il n'était pas venu depuis deux mois, ils avaient beaucoup voyagé ces derniers temps.

Joséphine aida Vincent à réchauffer la galette. Tristan disposa les assiettes sur la table.

Vincent regarda Elsa. Elle le regardait déjà. Elle le trouvait de plus en plus beau.

Elle tint à couper la galette. Elle avait le don de tomber sur la fève, mais ne perdait pas espoir de couper un jour ce dessert sans heurt. Elle enfonça le couteau dans la frangipane sous les regards déjà moqueurs de l'assemblée.

— Allez maman, cette fois-ci c'est la bonne ! lança Tristan.

— Allez Elsa ! l'encouragea Lou.

La lame buta contre un objet dur. Tout le monde éclata de rire.

— Lou, tu veux bien prendre le relais s'il te plaît ?

— Bien sûr, je m'en occupe.

Elsa reposa le couteau. Son regard tomba sur ses mains. Elles la faisaient horriblement souffrir. Ses doigts étaient déformés par l'arthrose, sa peau était plissée comme un parchemin. Elle prit la part posée dans son assiette et en croqua une large bouchée. Elle aimait le goût du beurre et de l'amande encore tiède.

— Maman, j'ai eu la fève ! s'exclama la petite Ninon.

— Bravo, ma chérie, la félicita Joséphine.

La petite se leva, fit le tour de la table, et tendit l'objet de porcelaine à Vincent. C'était un cœur.

— Tiens, papy, c'est pour votre anniversaire d'amour.

Vincent serra sa petite-fille dans ses bras fatigués.

— Je n'ai plus la notion du temps depuis que je suis entré dans la cinquantaine, dit Tristan. Ça fait combien de temps que vous êtes ensemble, déjà ?

Elsa et Vincent se regardèrent.

— Trente-cinq ans, répondit-elle.

— Et l'impression que c'était hier, ajouta-t-il.

FIN

Merci

Ce roman est mon dixième, et son écriture aura été aussi éprouvante que salvatrice. Il est né dans une période chargée de chagrin, de celles que l'on traverse tous un jour, en s'accrochant aux bouées que l'on trouve. Mes bouées ont été l'amour de mes proches et l'écriture. Les mots ont ce pouvoir consolateur, pour ceux qui les reçoivent comme pour ceux qui les posent.

Merci papa, d'avoir été cet homme si libre et si drôle, de m'avoir appris qu'on avait le droit de déborder des lignes. Tu m'as offert la chance immense de grandir en me sentant aimée. C'est là que je puise la force pour apprendre à me passer de ton rire. Merci d'être resté cet homme bon et juste, malgré les cartes qui t'avaient été distribuées et les embûches sur ton chemin.

Je sais combien tu détestais te faire remarquer, mais j'espère que, là où tu es, tu apprécies ce roman qui t'est dédié. C'est une fiction, bien sûr, mais tu reconnaîtras sans doute quelques souvenirs.

Je voudrais que tout le monde te connaisse. Parce que, si tout le monde te connaît, papa, tout le monde te pleurera.

Juste une petite anecdote. Après j'arrête, promis.

J'ai vingt-deux ans.

On revient d'Anglet, où tu viens de passer quelques jours chez moi. Tu viens souvent, en plus d'être avec ta grande fille, tu es amoureux du Pays Basque. Tu n'as jamais voyagé, j'ai pris conscience récemment que tu es né et mort dans la même commune. Tu n'es jamais monté dans un avion, et, si tu as emprunté le train un jour, je ne suis pas au courant. Tu viens d'un monde où on a l'horizon modeste, où on ne rêve pas loin. À deux heures de chez toi, le Pays Basque prend des allures de bout du monde.

Sur la route du retour, on suit une camionnette dont le châssis abaissé témoigne de l'excès de poids, et, à travers les vitres, le jour ne passe pas. Tout à coup, la camionnette s'envole, vrille et retombe sur le flanc. Un pneu a éclaté.

Je me gare sur la bande d'arrêt d'urgence pour appeler les secours. Un homme descend de la camionnette et hurle : sa mère est coincée à l'arrière. Les voitures contournent l'accident, d'autres s'arrêtent, mais personne n'ose s'approcher. Une épaisse fumée s'échappe du véhicule. Tu ouvres la portière, je te dis de rester là, que c'est dangereux, ça peut exploser. Tu t'en fous : une femme est en danger.

Avec son fils, vous parvenez à la sortir de là avant l'arrivée des secours. Tu me rejoins, comme si de rien n'était. Comme si tu n'étais pas un héros, mon papa. Comme la fois où tu avais plongé dans une mer déchaînée pour sauver un chien qui se noyait. Ses maîtres ne t'avaient pas remercié, tu disais que tu aurais dû le remettre à l'eau et eux avec, mais tu n'aurais pas été capable d'exécuter la première partie (pour la seconde, je suis moins formelle).

Ça, je ne l'ai pas hérité de toi. J'ai le courage d'une feuille morte, j'ai abandonné ma voiture au milieu de la route à cause d'une araignée, et, si je vois un chien se noyer, ma seule action consistera à engueuler les gens qui ne sautent pas à l'eau. Mais il ne reste pas rien de ton courage : tu me lègues l'immense fierté d'être ta fille.

Peut-être qu'un jour, comme Elsa, je parviendrai à te laisser partir.

Merci mon cher mari d'être mon premier lecteur et mon meilleur public, d'y avoir cru plus fort que moi, il y a dix ans. Sans toi, j'aurais sans doute abandonné mon rêve de petite fille.

Merci mes enfants, ma plus belle source d'envie et d'inspiration.

Merci à ma famille, en particulier ma mère, ma sœur, ma grand-mère et ma tante, de me soutenir avec tant de passion et de fierté depuis toujours.

Merci à mes amies, mes amis, vous avoir dans ma vie m'est si précieux.

Merci à ma chère éditrice, Pauline Faure. Quand je suis arrivée dans le monde de l'édition, tu as été mon premier coup de cœur amical. Je suis heureuse que l'on ait pu se retrouver, des années plus tard. Je ne sais pas ce que j'aime le plus chez toi : ton talent inouï pour extraire le nectar d'un texte et le rendre plus fort ou nos fous rires à n'importe quelle heure du jour et de la nuit (les deux).

Merci aux éditions Flammarion, et plus particulièrement à mes chères Sophie de Closets et Carole Saudejaud, ainsi que Guillaume Robert, Sophie Hogg, Laëtitia Legay, Pauline Morel Pouliquen, Clémence Mouillebouche, Julie Kowarski, Vincent Le Tacon, François Durkheim, Claire Le Menn, Sophie Raue pour votre enthousiasme chaleureux.

Merci aux éditions du Livre de poche, et plus particulièrement mes chères Béatrice Duval et Audrey Petit, ainsi que Zoé Niewdanski, Sylvie Navellou, Anne Bouissy, Ninon Legrand, Florence Mas, Dominique Laude, Bénédicte Beaujouan, Vincent Maillet, Véronique Perovic, Antoinette Bouvier, Maïssoun Abazid, Céline Selbonne.

Merci aux premières personnes qui ont lu le manuscrit. Vous avez été peu nombreuses cette fois, j'ai eu du mal à laisser partir mes personnages, mais vos retours m'ont été précieux et m'ont beaucoup rassurée : Arnold, Muriel, Clara, Marianne, Mimi, Serena Giuliano, Sophie Rouvier, Marie Vareille, Baptiste Beaulieu.

Merci aux représentants et représentantes de permettre à mes romans de parvenir entre les mains des lecteurs.

Merci aux les libraires, essentiels porteurs d'histoires, de soutenir mes livres avec tant de passion.

Merci aux blogueuses et blogueurs de partager leurs lectures, donnant à d'autres l'envie de succomber. Merci aux journalistes qui se sont intéressés à mon travail.

Depuis dix ans, de nombreuses petites fées se sont penchées sur mes romans, et je vous en suis infiniment reconnaissante.

Et enfin, merci à vous, lectrices et lecteurs.

Écrire des romans est mon rêve de petite fille. J'ai envoyé mon premier manuscrit en 2007 à huit maisons d'édition. Toutes l'ont refusé, même si certaines m'ont encouragée à persévérer. J'en ai déduit que je n'avais pas de talent pour l'écriture et j'ai rangé mon rêve. Il s'est rappelé à moi quelques années plus tard, grâce aux lecteurs du blog que je tenais alors. J'ai écrit un nouveau texte pour participer au concours lancé par une maison d'édition. L'histoire d'une femme qui quitte son mari et part en croisière autour du monde. Il est arrivé en finale, mais n'a pas gagné. De nouveau, il est resté plusieurs mois à dormir dans mon ordinateur, jusqu'à ce que j'accepte, sous la menace d'une amie, de l'envoyer à un éditeur. Le seul qui, à l'époque, acceptait les manuscrits par mail. Il m'a appelé trois jours plus tard, et a publié *Le premier jour du reste de ma vie*. Il y a eu neuf autres romans depuis. Ne lâchez pas vos rêves.

Les lecteurs sont à la base de tout. Sans vous, je n'aurai pas eu l'impulsion, je n'aurais pas persévéré. La belle histoire a continué. On me demande souvent comment s'explique l'enthousiasme autour de mes livres, et il n'y a qu'une seule réponse : c'est grâce aux lecteurs. Dès les premières années, alors que je n'attirais pas l'attention des médias, vous avez été là. Je me rends compte, quand je vous rencontre, que la plupart d'entre vous me découvrent grâce à une amie, un collègue, un parent qui lui a recommandé l'un de mes livres. Savoir que vous les aimez assez pour les offrir est un cadeau pour moi aussi.

Merci pour votre présence, merci de me lire, de partager mes histoires, merci de m'écrire, de venir à ma rencontre, merci de m'avoir rejointe dans mon rêve de petite fille, et de l'avoir rendu encore plus grand que le ciel.

Cet ouvrage a été mis en pages par

<pixellence>

CET OUVRAGE
A ÉTÉ ACHEVÉ D'IMPRIMER
SUR ROTO-PAGE
PAR L'IMPRIMERIE FLOCH
À MAYENNE EN OCTOBRE 2024

N° d'édition : 644228-0. N° d'impression : 105694
Dépôt légal : novembre 2024
Imprimé en France